차례

프롤로그	4
첫 번째	6
두 번째	51
세 번째	102
네 번째	143

프롤로그

오늘도 끝없이 떨어진다.

겨우 발을 붙인 이곳은 우주 같기도, 우주를 벗어난 또 다른 세계 같기도 하다. 우주 너머가 있다면 이런 곳일까. 어떤 책에서 우주 밖은 시간도 공간도 존재도 알 수 없는 곳이라는 문장을 본 기억이 떠오른다.

나는 밤마다 낯선 세계에 착륙한다. 여기가 어디인지 알 수 없지만, 분명한 건 사방이 짙은 어둠에 잠겨 있다는 것. 그 속에서 가끔, 아주 멀리 희미한 빛 하나가 반짝인다. 닿을 듯 닿지 않았던 그곳. 오늘은 그 빛을 끝까지 따라가 보기로 결심한다.

온몸을 휘적이던 중에 작은 별 하나를 만났다. 무의식적으로 팔을 뻗지만 결국 놓쳐 버렸다. 까치발까지 들고, 허공을 허우적거린다. 조금 전까지 나를 짓누르던 어둠은 사라졌지만,

닿지 못한 별에 대한 아쉬움에 가슴이 아려 온다.

　그때였다. 방심한 사이, 정체 모를 힘이 나를 블랙홀처럼 빨아들인다. 몸이 더 깊숙이 침잠하는 느낌. 눈을 뜨려 했지만 쉽지 않다. 은하 속의 먼지처럼 작아진 나. 바로 그 순간, 내 손바닥 위에 별 하나가 반짝였다. 그렇게 원하던.

　그땐 몰랐다. 그 별이 앞으로 내게 다가올 슬프고도 아름다운 일들의 시작이라는 걸. 이 모든 건 그 아이를 만나고 나서부터였다. 이 꿈은 언제까지 계속될까. 여기서 벗어나려면 처음으로, 그 아이를 만나기 전으로 되돌아가야 할지도 모른다.

첫 번째

"유나야, 일어나. 학교 늦겠다!"

그날 아침도 이상한 꿈에서 깨어난 직후였다. 엄마가 흔들어 깨우고 나서야 정신을 차렸다. 핸드폰을 보니 이미 알람이 여러 번 울렸다 꺼진 상태였다.

"유나야, 밥은?"

"나 늦어서 빨리 가야 해!"

현관에서 신발을 대충 구겨 신고 뛰쳐나왔다. 겨울 방학이 끝났다. 다시 3월의 학교를 향해 가다니, 아직도 겨울 같은 느낌인데. 추위를 뚫고 나오는 꽃들을 슬쩍 바라보았다. 어제까지만 해도 아주 조금은 설레는 마음이 있었는데, 꿈 때문에 다 망한 것 같다. 어차피 새 학기의 설렘은 오래가지 않을 거였다.

"유나야, 같이 가!"

지영이다. 나처럼 헐레벌떡 달려오는 얼굴.

"너도 늦잠?"

"응. 또 이상한 꿈 꿨어."

"에휴, 알람 좀 많이 맞춰 놓지."

"그니까. 일단 뛰자. 오늘은 편의점도 못 가겠다."

우리는 서로를 재촉하며 달렸다. 교실 문을 열고 들어섰지만, 다행히 담임 선생님은 아직 오시지 않았다. 교실 안은 첫날답게 떠들썩하면서도 긴장된 공기가 맴돌았다. 무리를 지어 앉은 아이들, 혼자 조용히 앉아 있는 아이, 아무 관심 없이 핸드폰을 보는 아이까지. 이미 새학기의 기운이 교실을 가득 채우고 있다.

늦게 와서 그런지 둘이 같이 앉을 만한 자리가 없다. 결국 지영이와 나는 교탁 앞 자리에 앉았다. 그때 뒤에 앉아 있던 친구가 말을 걸었다. 같은 초등학교에서 올라온 것 같은데 이름은 기억나지 않았다.

"야, 너네 쟤 기억나?"

"누구?"

지영이가 고개를 살짝 돌렸다.

"저기, 뒤에 혼자 앉아 있는 애."

지영이가 흥미롭다는 듯한 표정으로 바라보자 뒤에 있던 친구가 자세를 살짝 고쳐 앉고 말을 잇는다. 티는 안 내지만 아까보다 더 짜릿한 표정으로. 가십에 빠른 지영이는 벌써 눈을 반짝인다.

"입학식 날 엄청 비싼 차 타고 왔던 애 있잖아."

시선을 따라 무심코 고개를 돌렸다. 종이를 접고 있던 그 아이가 나를 힐끗 쳐다봤다. 눈이 마주친 게 머쓱해 가볍게 웃었는데, 그 아이는 표정 하나 없이 고개를 다시 숙였다.

지영이는 그 애를 모르는 게 아쉬워 보였다. 가십이 있는 곳을 떠나지 않는 지영이. 나와는 달리 워낙에 활발하고 자존감도 높아서 주변 사람들에게 금방 인기를 얻는다. 친구도 금방 사귀고, 쌤들도 제일 먼저 이름을 외우는 애. 나랑은 올해로 8년째, 가장 오래된 친구다. 우리 엄마 옷가게와 지영이 이모네 미용실이 가까워서 정말 가족처럼 지낸다. 지영이가 없었다면

이 어색한 3월의 공기를 견딜 수 없었을 거다.

갑자기 교실 뒷문이 벌컥 열리더니, 키 큰 여자애가 잽싸게 들어왔다. 그리고는 갑자기 맨 뒤에 혼자 앉은 애한테 소리를 질렀다.

"야, 너 때문에 스타킹 올 나갔잖아. 가방 똑바로 좀 놔!"

우리가 아까 훔쳐 봤던 그 애다. 아무런 대답이 없었다.

"너 사과할 줄 모르냐?"

"……"

"가방에 별은 또 왜 달고 왔어."

다행히 분위기가 더 험악해지기 전에 선생님이 들어오셨다. 나도 모르게 숨죽이고 있던 어깨에 힘을 풀었다.

"조용~ 앞으로 2학년 6반 담임을 맡게 된 황인정입니다. 수학 담임이에요. 오늘은 편하게 앉고, 자리 배정은 며칠 뒤에 할게요."

짧고 간결한 소개였다. 선생님이 나가자 교실은 다시 웅성거리기 시작했다.

"우리 담임 소문 안 좋더라."

"왜, 어떻다는데?"

"2학년 쌤들 중에 제일 깐깐하대. 작년 언니들도 쌤 앞에선 숨도 못 쉬었다더라."

"망했네…"

그러거나 말거나, 아까 그 아이 옆에는 이미 세 명의 아이들이 둘러싸고 있었다. 해인, 수연, 예서. 지영이 말로는 해인이가 그 무리의 리더였다. 해인이는 종이접기를 하던 그 애 머리를 손가락으로 툭툭 건드리며 말했다.

"그래서 이거 어떻게 할 거냐고."

엄밀히 말하면 해인이가 가방에 걸려 넘어진 건데, 마치 그 아이 때문인 것처럼 몰아붙였다. 곰곰이 생각할수록 미간에 힘이 들어간다. 학기 첫날이라고 더 그러는 건가? 혹시라도 무의식 중에 그 쪽을 바라보게 될까 봐 가방 정리를 하는 척했다.

"유나야, 관심은 없겠지만… 쟤네랑 엮이지 마. 해인이 내가 작년에 같은 반이었어서 아는데, 작년에도 쟤 때문에 운 사람 한둘이 아니야."

1교시 수업이 시작되고도 지영이의 말이 귓가에 남았다. 그리고 기다렸다는 듯이 교실 안에서 소정이라는 아이에 대한 소문이 퍼지기 시작했다.

"쟤가 소정이야?"

"별에 미친 애."

"말도 못 한대. 말하는 거 들어본 사람 있어?"

"그럼 여기 있으면 안 되는 거 아냐?"

"돈 내고 왔나 보지."

"초등학교 때부터 이상했다잖아. 정신 분열 있다던데. 자폐라는 얘기도 있고."

 쉬는 시간마다 아이들의 시선이 은근하게 소정이를 향했다. 꿋꿋하게 별을 접고 있는 아이. 비웃음 섞인 소문이 꼬리에 꼬리를 물었다. 이상하게도 흉흉한 소문보다 가만히 있는 그 애가 더 무섭게 느껴졌다.

 7교시가 끝나고 복도를 청소하고 있는데, 그 애가 성큼 다가왔다.

"너 이게 뭔지 알아?"

 작은 손바닥을 펼쳤다. 그 안에 유리구슬 하나가 들어 있다.

"그냥… 구슬 아닌가?"

"아니야. 이건 안에 우주가 들어 있는 구슬이야. 엄마 별이 아기 별을 찾으러 떠났거든. 그 안에서."

내가 말을 잇기도 전에 물어보지도 않은 말을 쏟아낸다. 애들이 다 피하는 것 같아서 친절하게 대해주려던 마음이 사라졌다. 나도 모르게 한숨이 나와 빗자루를 다시 들었다.

"미안. 청소해야 해서. 빨리 하고 학원 가야 돼."

말을 끊고 돌아서려는데, 그 애는 그대로 멈춰 서 있었다. 처음엔 반 애들이 잘못했다고 생각했는데, 자세히 보니 그 애를 왜 피하는지 알 것도 같았다.

청소가 끝나고 지영이한테 가서 이런 일이 있었다고 가볍게 이야기했다. 담임을 기다리는데 가까이에서 수군거리는 소리가 들렸다.

"쟤 또 헛소리하더라."

"손에 무슨 구슬 들고 유나한테 말 거는 거 봤어."

"아, 그럼 말은 할 수 있는 거네?"

이번엔 내가 소정이 이야기의 당사자다. 한 마디 한 마디가 연기처럼 교실을 떠다닌다. 모두가 불안한 3월의 교실에서 아이들을 묶어놓는 건 이런 소문들이다. 그렇게 생각하니 어쩐지 교실에 앉아있기가 좀 답답해진다. 뭐가 됐든 애들 입에 오르내리지 않는 게 중요하다. 수연, 해인, 예서는 대놓고 꼽을 주거나 소정이 가방을 툭툭 건드려서 안에 있던 노트나 패드를 떨어지게 만들었다. 오늘은 별이 그려진 필통이 바닥을 구르자 아이들이 고개를 돌리고 웃었다.

 그쪽에 관심 없는 척했지만, 어쩐지 마음이 편하지 않았다. 방관자가 되고 싶지는 않았지만, 가까이 가기엔 너무 두려웠다. 솔직히 가만 보면 괴롭힘 당할 짓을 하는 것 같기도 하다. 눈에 띄게 반항이라도 하든가…

"쟤 밥은 누구랑 먹어?"

"당연히 혼자 먹겠지."

"그래서 체육 시간에도 강당 안 오나?"

 다들 조금은 이상하다고 생각하면서도, 아무도 직접 물어보지 않았다. 주변에서 뭐라고 하든 그 애는 종이를 접거나 그림을 그리거나, 핸드폰을 한다. 어떻게 아무렇지 않게 있을 수 있지? 나였으면 학교고 뭐고 그냥 집에 있고 싶을 텐데. 소정이는 진짜... 외딴 섬에 있는 것 같다.

***

한 달쯤 지나자, 선생님이 자리 제비뽑기를 한다고 하셨다. 어차피 수업을 들으려면 이반 저반 옮겨 다녀야 하지만 고정 자리는 있어야 하니까. 원래는 홀수라서 소정이가 혼자 앉았는데, 가운데 분단 맨 뒤 자리를 세 개로 붙인다고 하셨다. 혼자 앉는 사람이 없게 하려는 선생님의 뜻이었다.

말씀이 끝나기도 전에, 교실은 이미 술렁였다. 누구라도 소정이 옆자리가 될까 봐 다들 불안해하는 게 눈에 보였다.

쉬는 시간이 되자 예서와 해인이가 소정이 옆에 섰다.

"너 나 뽑으면 진짜 죽는다."

"아니, 나 뽑아 봐. 얼마나 버티나 보자."

해인이가 소정이를 툭툭 건드리며 소름 끼치게 웃었다.

그리고 제비뽑기 날, 드디어 내 차례가 왔다. 심장이 쿵쾅대고 손끝이 떨렸다. 제발, 제발 아니길. 떨리는 손으로 종이를 뽑아 선생님께 드렸다. 소정이는 먼저 뽑고 19번 자리에 앉아 있었다. 아무도 눈치채지 못하게 그쪽을 힐끔 바라봤다.

"유나는... 20번이다!"

"20번이요...?"

교실 뒤편, 조용히 앉아 있던 소정이가 고개를 든다.

나를 바라보는 친구들의 눈빛엔 안도와 동정이 섞여 있다. 누군가는 안쓰럽다는 표정을 지었고, 누군가는 고개를 돌려 웃고 있었다. 이제 나까지 동정의 대상이 된 건가. 어쩌면 비난의 대상이 된 걸까.

그날 나는 내내 멍했다. 가만히 있는데도 모든 눈이 나를 향해 쏟아지는 것만 같았다.

"유나야, 너 어떡하냐."

"어제 꿈 잘못 꿨나 봐."

지영이도 괜히 옆에서 한 마디씩 거들었다. 나도 모르게 망했다는 말이 안에서 맴돌았다. 언제까지 이 자리에 앉을지도 아직 정해지지 않은 상태였다. 선생님도 일단 앉아 보고 언제 바꿀지 고민하자고 하셨다. 아무 말 없이 나는 다음 날부터 소정이 옆에 앉았다.

다행인지 불행인지 맨 끝 창가 자리다. 내가 먼저 창가에 가방을 놓자 소정이는 아무 말 없이 옆자리에 앉았다. 수업이 시작되었지만 소정이는 교과서도 꺼내지 않았다. 당당하게 책상 위에 엎드려 있다. 더 이상한 건 그렇게 깐깐한 선생님도 아무 말씀이 없다는 거였다. 지각해도, 조퇴해도, 체육 시간에 빠져도 언제나 조용히 넘어갔다. 돈이 많아서 특혜를 받는 건가. 그 애를 생각할수록 미궁 속으로 빠지는 기분이다.

학교가 끝나고 지영이랑 나란히 걸었다. 옆에서 지영이가 쫑알쫑알 뭐라고 말하는데도 소정이 생각이 머릿속을 떠나지 않았다. 결국 참지 못하고 물어봤다.

"지영아, 너 소정이랑 같은 반이었던 적 있어?"

"아니? 아, 근데 교회에 예은이 있잖아. 걔가 1학년 때 같은 반이었을걸. 왜?"

"그냥... 좀 궁금해서."

지영이가 눈썹을 살짝 치켜세웠다. 역시 더 아는 게 있는 모양이다.

"소정이네 엄청 부자래. 그래서 선생님들도 꼼짝 못 한다더라. 초등학교 때도 엄마가 맨날 학교 왔대."

"아 진짜...? 나는 쟤랑 반이 처음이라 잘 몰라서."

"체육대회 날에도 애는 안 왔는데, 엄마가 와서 간식 돌렸대. 소정이랑 잘 지내달라고. 유난이지 않냐?"

나는 아무 말 없이 고개를 끄덕였다. 소정이에 대한 소문이 너무 많았다. 어느 게 진짜고, 어느 게 아닌지 모르겠지만, 솔직히 다들 진실 따위엔 관심 없었다. 그냥 누가 뭐라고 하면 그게 진짜인 줄 아는 분위기.

소정이가 별로 예쁘지 않았다면 좀 달랐을까? 하필 하얗고 예쁜데 조용해서 더 특별해 보였다. 그래서 더 싫어하는 건가 싶다. 잘 사는 것도, 선생님들이 특별하게 대하는 것도. 그냥 모든 게 소정이를 다르게 만들었다.

웃긴 건, 그렇게 싫어하면서도 소정이와 짝이 된 나한테는 유난히 친절하다는 거다. 해인이랑 애들도 일부러 와서 말을 걸고, 어제 본 드라마나 급식 메뉴 같은 걸 물어봤다. 묻기만 하고 듣는 애는 하나도 없었지만… 나한테 말을 걸고 자기들끼리 얘기하느라 바빴다. 내 얘기가 궁금한 게 아니라, 그냥 소정이 들으라고 하는 말이라는 걸 나중에야 알았다.

그래도 우리 담임 시간만 되면 소정이고 뭐고 다들 선생님 눈치 보느라 바쁘다. 나도 수학에 자신이 없으니 선생님 눈에 띄지 않으려고 조용히 수업을 들었다. 열심히 해보겠다고 나름 각오도 했고. 수학만큼 성적이 안 나오는 과목도 없다. 이번

수행평가에서는 70점 아래로 떨어지면 개인 면담에 경고까지 받는다고 했다. 그런데 그 순간,

"별이 무슨 색인지 알아?"

갑자기 소정이가 말을 걸었다. 처음엔 못 들은 척했다. 그런데도 들릴 듯 말 듯 속삭인다.

"우주엔 같은 궤도를 도는 별이 있는데, 그 별들끼리는 더 가깝게 느껴진대. 탯줄로 연결된 것처럼."

그 애는 책상을 보며 중얼거렸다. 나한테 하는 말인지, 그냥 혼잣말인지도 헷갈렸다.

"거기, 1분단 끝에 유나랑 소정이. 내 시간에 떠들 거면 나가."

순식간에 교실 분위기가 싸늘해졌다. 선생님의 말에 나는 너무 당황해서 몸이 얼어붙었다. 선생님이 이렇게까지 강하게 이야기한 건 처음인데, 그게 하필 나라니. 말 한마디 안 섞었는데. 애들이 다 쳐다보는 바람에 결국 조용히 복도로 나가는데 눈물이 고였다.

"유나야, 너 별자리가 뭐야? 나는 쌍둥이자리야. 너는 뭔지 궁금해서…"

그 와중에도 별 얘기. 얘가 진짜 미쳤나? 속이 부글부글 끓

었다.

"별이 가긴 어딜 가. 그냥 하늘에 떠 있는 거지. 그리고 요즘 누가 별자리를 봐? 애 같이 굴지 마. 너 일부러 컨셉질 하는 거지?"

결국 참지 못하고 내뱉었다. 누군가에게 진심으로 화를 낸 게 처음이라 나도 놀랐다.

"귀찮게 진짜…"

비수를 꽂는 내 말에 소정이는 잠시 멈칫하더니, 조용히 이어 말했다.

"별들도… 자기가 가고 싶은 데가 있을 수 있잖아. 나는 그걸 찾아주는 중이야. 나도 아직… 내가 가고 싶은 데를 못 찾았거든."

더 말할 의지를 잃어버렸다. 속에서는 아직도 부글부글한데, 어쩐지 그 말이 자꾸 머릿속을 맴돈다. 별들도 자기 갈 곳을 몰라서 헤매는 중이라니. 무슨 이야기를 하고 싶은 걸까.

그날 이후, 소정이와 더 거리를 두고 있다. 수업이 끝나면 서둘러 가방을 메고 교실을 빠져나왔다. 혹시라도 말을 걸까 봐 도망치듯 지영이에게 간다. 그런데 오늘은… 소정이가 뭔가를 그리고 있다. 나도 모르게 힐끔거렸다. 단정한 단발머리, 긴 속눈썹, 유난히 하얀 얼굴. 창백할 정도다. 떠오른 이미지는 영화 <레옹>에 나오는 마틸다. 그렇게 생각하니까 나도 모르게 웃음이 났다.

늘 그랬듯 주변을 살피지 않고 뭔가를 진지하게 그리고 있다. 어린아이가 그림책 속 세상에 몰입하듯. 며칠간 별말 없이 그림만 그린다. 한참 조용하길래 애도 정상으로 돌아온 줄 알았는데, 착각이었나 보다. 그러다 또 수업 중에 말을 건다.

"북극성은 왜 늘 같은 자리에 있는 줄 알아?"

나는 대답하지 않았다.

"지구 자전 때문에, 자전축이 거의 북극성을 향하고 있어서 그래. 고정된 것처럼 보이는데 실제로는 미세하게 움직이고 있대."

"…"

"몇 천 년 후에는 북극성도 멀어진다더라. 우리는 우연히 북극성이 보이는 때를 사는 거야. 신기하지 않아?"

'어쩌라고…' 속에 맺힌 말을 눌러담는다. 수학 시간 이후로 최대한 말을 아꼈는데, 상관없다는 듯 계속 이야기한다. 그런데... 한결같이 별 이야기를 하는 게 이상하게 마음에 걸린다. 요즘 세상에 변하지 않는 게 어디 있다고, 매주 트렌드가 바뀌는 세상인데. 게다가 우리가 사는 동안은 북극성이 그 자리를 하염없이 지킨다니. 그리고 그걸 외우고 다니는 아이라니. 그 애의 마음을 떠나지 않는 무언가가 있는 걸까. 아주 조금은 궁금해졌다.

***

"유나야, 너 요즘 너무 피곤해 보인다. 다크서클 내려온 거 봤어?"

"학원이 늦게 끝나서 그런가. 집 가서도 맨날 늦게 자니까."

"안 그래도 이번에 너 혼나는 거 처음 봐서 내가 더 놀랐잖아. 담임 진짜 왜 그러냐. 부모들이 고소할까 봐 그렇게 강하게 안 나오는데. 너 진짜 스트레스 받은 거 아냐?"

"같이 떠든 것도 아닌데 쫓겨난 게 억울하긴 하지만… 아무튼 내 짝이긴 하니까."

지영이는 나를 빤히 보더니 한숨을 쉬었다.

"넌 아무튼 단순해서 문제야. 조금만 버텨. 곧 바꿔 주겠지. 다음엔 누가 걔랑 앉을지 몰라도... 나는 벌써부터 불안해."

"그니까. 그런데 예은이랑 소정이 예전에 좀 친했다고 했지. 예은이는 요즘 왜 걔랑 안 다녀?"

"1학년 때는 진짜 친했대. 근데 뭔 일이 있었는지 지금은 손절하고 아는 척도 안 한다더라. 예은이 성격 알잖아, 얼마나 착한데. 소정이가 이상한 짓 안 했으면 그런 일도 없었겠지."

예은이는 우리 교회 목사님 딸이다. 늘 밝고 예의 바르다고, 우리 엄마가 볼 때마다 칭찬을 입에 달고 살 정도로 모범적인 아이. 그런 애가 소정이랑 손절했다면, 뭔가 있었겠지. 다들 그렇게 말한다. 그런데 나는... 잘 모르겠다. 어쩌면 둘이 진짜 친구였을지도. 무슨 일이 있었는지 아무도 모르니까.

며칠 전, 복도에서 벌을 서고 있을 때 소정이는 천진한 얼굴로 노래를 흥얼거렸다.

"너 진짜 아무 생각 없어? 너 때문에 쫓겨나게 해놓고, 노래가 나와?"

물었더니 대수롭지 않게 말했다.

"벌 좀 받으면 어때."

어이가 없어서 할 말을 잃었는데, 그 애가 창밖을 올려다보며 말했다.

"너한텐 미안하지만… 그래도 오늘 하늘 너무 예쁘지 않아? 구름이 토끼 모양 같아. 저 너머엔 뭐가 있을까 상상해보는 거야. 슬플 때 그렇게 하면 좀 덜 슬퍼지더라고."

그 순간, 처음으로 소정이의 얼굴에서 웃음이 번졌다. 해맑은데 어딘가 허전한 웃음.

늘 혼자인 데다 비싼 옷을 입어도 어딘가 그늘져 보이는 아이. 그동안은 자기 세계에 갇힌 애, 별에 미친 애로만 봤는데, 혹시... 상상 속에 살 수밖에 없는 건 아닐까. 그 아이의 세상은 어떤 모습일지 생각하다가, 고개를 저었다. 더는 엮이면 안 돼.

다음 날, 소정이가 평소보다 일찍 학교에 왔다. 그 애의 가방 지퍼에 매달린 별 두 개. 교실 문을 열고 들어오는 소정이를 보다가 시선을 거두려는데, 갑자기 애들이 웃음을 터뜨렸다. 책상을 두드리며 웃고 있는 애들 사이로, 그 애가 무심히 걸어오고 있었다. 그제야 보였다. 소정이 등 뒤에 누군가 붙인 종이.

'별에서 온 미친년'

숨이 턱 막혔다. 차라리 모른 척하고 싶은데 마음이 자꾸 울렁거린다. 생각보다 몸이 먼저 움직였다. 자리에서 일어나 소정이와 부딪치며 일부러 넘어졌다. 모든 시선이 우리에게 향했을 때, 오히려 내가 먼저 짜증을 냈다.

"앞 좀 똑바로 보고 다닐래?"

애써 무심한 척했지만 속은 화끈거렸다. 다행히 부딪히면서 종이는 바닥에 떨어졌다. 누가 한 짓인지 안 봐도 뻔했다.

도망치듯 화장실에 와서 손을 씻고 있는데, 해인이가 다가왔다.

"유나야, 연기 잘하더라. 이제 같이 앉는다고 편이라도 드는 거야?"

어깨를 툭 치며 지나갔다. 그 순간, 지영이가 화장실로 들어왔다.

"해인이가 방금 뭐라고 했어? 난 솔직히 소정이가 괴롭힘을 당하든 말든 상관없어. 근데... 너는 아니지. 너까지 이상해지면 안 되잖아."

멍하니 있는 내게 지영이가 팔짱을 끼며 덧붙였다.

"그냥 잘못 걸린 거야. 집 가는 길에 초코우유 사줄게. 잊어버려."

뭔가 단단히 잘못된 것 같았다. 그냥 가만히 있을걸 그랬나 아주 잠깐 후회했지만, 지영이의 주접 덕분에 조금은 안심이 됐다.

교실에 돌아와 음악실에 갈 준비를 했다. 애들이 모두 음악실로 이동한 사이, 노트를 찾으려고 책상에 손을 넣었다. 그런데 그 안에 뭔가 딱딱한 감촉이 느껴진다. 손바닥만 한 곰돌이 유리병 안에 형형색색의 종이별이 가득 들어 있다. 곰돌이 목에 달린 쪽지를 펼쳐 읽었다.

『수학 시간엔 미안해. 나 때문에 너까지 벌 서게 돼서 사과하고 싶었는데, 어떻게 해야 할지 몰라서... 내가 좋아하는 별을 접었어. 내가 좋아하는 게 이거밖에 없어서…』

소정이다. 선물까지 받은 건 당황스럽지만, 누가 볼까 봐 일단 가방에 넣어 두었다.

선물 받은 유리병을 집에 가져와서 책상 위에 올려두고 한참을 바라보았다. 투명한 병 속에 층층이 쌓여 있는 수많은 종이 별을 보면서 생각했다. 그 애가 매일 밤 하나씩 접은 별일지, 아니면 미처 하늘로 올려 보내지 못하고 남아있는 별일지.

병을 살짝 흔들자, 작은 별들이 부딪히며 희미한 소리를 냈다. 그 소리가... 마음에 오래 남았다.

"유나야, 뭐 해?"

엄마가 방에 들어왔다. 나는 별일 없다는 듯 고개를 저었다.

"마트 같이 갈래?"

내일은 아빠가 오는 날이다. 지방 구내식당에서 일하는 아빠는 매주 금요일 밤에 왔다가 일요일에 돌아간다. 부모님이 주말부부인 우리집은 금요일에 장을 보는 편이다. 주말 식탁엔 유난히 맛있는 음식이 가득하다.

엄마는 몇 년 전부터 동네에서 작은 옷 가게를 하고 있다. 나에게는 두 살 어리지만 똑 부러지는 동생 유선이가 있고, 여섯 살 어린 남동생 윤후가 있다. 윤후가 태어나면서 아버지는 연봉이 높은 곳으로 직장을 옮겼고, 그때부터 주말부부가 되셨다.

주변 어른들은 혼자서도 삼 남매를 잘 키운다고 엄마를 칭찬하곤 한다. 엄마는 그런 말을 들을 때마다 수줍게 웃는다. 그런 엄마가 참 좋다. 엄마 일로도 충분히 바쁠 텐데 내색 없이 항상 엄마라서. 고민이 있으면 나는 아직도 엄마부터 찾는다.

그래서인지 지영이는 가끔 부럽다는 듯이

"다음 생에는 내가 너 할게. 너 우리 집 와서 나로 좀 살아라."

하고 농담처럼 말하곤 한다.

기분 좋은 주말엔 치킨을 시켜 먹는다. 사람이 다섯이아 항상 두 마리 치킨이다. 동생들은 각자 다리를 들고 신나게 먹는다. 따로 사는 우리 가족에게는 더없이 소중한 순간이다. 유선이는 오늘 학교에서 반장이 되어 돌아왔다. 엄마는 벌써부터 걱정이다. 반장 엄마는 학교 일을 해야 하니까. 유선이 말이 끝나기 무섭게 윤후는 도장에서 품새를 잘해서 칭찬받았다고 한다.

나는 신이 난 애들을 묵묵히 바라본다. 내 이야기를 꺼내기보단 엄마 아빠와 동일 선상에 있는 게 좋다. 첫째라 그런지, 이럴 때도 묘한 책임감을 느낀다. 가끔은 지치기도 하지만 어딜 가나 믿을 만한 구석이 되는 게 싫지만은 않다.

"유나야, 책상 위에 있던 곰돌이 유리병은 선물 받았어? 남자친구 생긴 거야?"

아빠가 웃으며 묻는다.

"아니야. 그냥 친구가 선물해 준 거야."

"그래? 아빠도 예전에 엄마 꼬실 때 종이학 선물했었는데."

"아빠가?"

"아빠도 옛날엔 꽤 괜찮았어. 요즘 애들도 이런 걸 접나 보네."

나는 곰돌이를 다시 바라보다가 조심스럽게 말했다.

"확실히 평범한 애는 아닌 것 같아. 근데 받아도 되는지 사실 모르겠어. 다시 돌려줄까 싶기도 하고…"

"음… 그래도 선물이라고 준 건데, 다시 돌려받으면 상처 받지 않을까?"

아빠의 말에 나는 다시 별들을 바라보았다. 분명 그 애가 나한테 하고 싶은 말이 이 안에 담겨 있을 것이다. 잠깐 궁금했던 건 맞지만, 여전히 더 깊게 알고 싶지는 않다. 난 그냥 조용하고 평범한 학교 생활을 하고 싶다.

한참을 말없이 고민하다가 소정이 이야기를 꺼냈다. 내 생각보다 더 스트레스를 받았는지 말이 술술 나왔다. 부모님은 내 이야기를 조용히 들어주시며 여러 조언을 하셨고, 나보다 어린 유선이는 어른처럼 말했다.

"그냥 언니 마음 가는 대로 해. 나중에 후회하지 말고."

엄마는 잠시 생각에 잠기더니 조용히 말했다.

　"유나야, 비정상인 사람은 없어. 특별하니까 달라 보이는 거야. 예전에 초등학교 처음 들어갈 때 기억나? 그때 너 앞니 빠지고 새로 안 나서 엄청 울었잖아. 학교 가야 되는데 앞니도 없다고… 근데 하루이틀 친구들이 신기해하다가 결국 잊어버렸잖아. 그러다 보니 어느새 앞니도 자라 있었고."

　윤후는 내가 들고 있는 곰돌이가 궁금한지, 똥 마려운 강아지처럼 내 책상 주변을 어슬렁거리며 맴돌았다.

***

　다음 날, 학교에 가자마자 소정이를 잠깐 밖으로 불렀다.

　"소정아, 선물 고마워. 근데 사실 내가 받아도 되는지 모르겠어."

　소정이는 조용히 고개를 끄덕이며 말했다.

　"큰 별은 엄마 별이고, 작은 별은 아기 별이야. 가장 좋은 걸 주고 싶었어. 미안해. 너 울게 해서... 난 그냥 너랑 얘기하고 싶었어."

뭐라고 대답해야 할지 몰라 그저 고맙다는 말을 남기고, 조용히 자리를 떴다. 그 애 앞에서는 자꾸만 하려던 말을 멈추거나, 길을 잃게 된다. 투명하게 속이 비치는 아이, 다른 애들은 어떨지 몰라도 나는 자꾸 그 애를 생각한다. 유난히 내 앞에서만 다르게 구는 것 같아서.

주고 싶은 걸 주고, 좋은 걸 좋다고 하는 게 쉬워 보인다. 다른 사람이 어떻게 생각하든 상관 없이… 내게는 가장 어려운 말들을 거뜬히 해내는 아이. 이런 것도 타고나는 걸까.

마지막 종소리가 울리고 미리 정리해둔 가방을 챙겨 지영이에게 갔다. 오늘은 학원도 없고 빨리 집에 가서 누워 있고 싶다.

"유나야, 나 오늘 합창단 연습 있어서 집에 같이 못 가겠다."

"응. 할 수 없지, 뭐."

집에 가는 길엔 봄의 풀 냄새가 가득하다. 앙상한 나뭇가지에 싹이 움트는 순간부터 거리는 기다렸다는 듯 깨어난다. 길을 넘어 그 자체로 살아있는 생명인 것만 같다. 늘 지영이랑 함께 걷던 길을 오늘은 혼자 터덜터덜 걷는데 갑자기 누가 부르는 소리가 들린다.

"유나야!"

뒤돌아보니 소정이다. 자동차 창문을 열고 그 애가 고개를 내민다.

"유나야! 같이 타고 갈래?"

소정이가 내 이름을 부른 건 처음이다.

"아니, 괜찮아."

"너 아직도 화났어?"

소정이가 큰 소리로 묻는 바람에 지나가던 애들이 자꾸 쳐다본다. 하는 수 없이 가까이 갔더니 손짓으로 타라고 난리다. 조심스레 차에 탔다. 이게 소문으로만 듣던 기사 딸린 차인가.

"안녕하세요."

"소정이 친구는 처음 보네. 우리 소정이 잘 부탁해."

깔끔한 양복을 차려 입은 기사 아저씨 인상이 좋다. 교회에서 말고는 저렇게 차려 입은 사람을 볼 일이 없는데. 거의 아빠처럼 소정이를 아끼시는 것 같다. 소정이는 자기 모습 그대로 내게 한 발 다가왔지만, 그럴수록 이 아이와 멀어질 것만 같다. 우리 사이에 공통점이랄 게 있을까. 잡다한 생각을 비집고 소정이가 말한다.

"유나야, 지금 집에 가면 뭐 해?"

"오늘은 학원도 없고... 그냥 엄마 가게나 집에 가 있으려고."

"보통은 혼자 있으면 뭐 하는데?"

"음... 핸드폰 하거나, 그냥 소설책 읽는 거 좋아해."

"우리 집 갈래?"

"갑자기 너네 집을?"

"응. 우리 집에 아무도 없어. 책도 많아. 너 소설 좋아한다며."

갑작스러운 제안에 당황했는데, 소정이가 강아지처럼 계속 조른다. 동생들 말고 누가 이렇게까지 조르는 게 처음이라 당황스러워하고 있는데, 운전하던 기사 아저씨도 거든다.

"소정이 집에서 놀다 가면 어때? 얘가 혼자 있으려니 외로워서 그래."

"오늘은 좀 그런데... 그럼 다음에 놀러 갈게."

"다음은 없어. 지금이 중요하지."

결국 엄마에게 전화를 걸어 허락을 받았다. 소정이가 뛸 듯이 기뻐한다. 그 아이가 그렇게 흠뻑 웃는 걸 보는 게 두 번째다.

소정이는 우리 집에서 세 정거장 떨어진 아파트에 산다. 새로 분양된 아파트라고 예전에 엄마가 말한 적 있다. 이 동네에서 제일 비싼 평수 위주로 들어선 고급 아파트라고, 분양받기 힘들다고도 했다.

그 집에 가까워질수록 소정이가 달라 보인다. 우리 가족은 전셋집에 살면서 해마다 집주인이 집값 올릴까 봐 난리인데, 얘는 기사 딸린 차를 타고 이런 집에 산다. 부모님이 대체 무슨 일을 하시길래? 그동안 스쳐지나가기만 했던 소정이의 얼굴이 순간 또렷해진다. 저 애는 원래 저런 표정을 짓고 있었나. 소정이 앞에서 작아지는 내가 우습다.

아파트 로비는 순백의 대리석이 가득하고 심지어 에스컬레이터도 있다. 주민들만 사용할 수 있는 수영장과 카페도 있다고 했다. 드라마에나 나올 법한 분위기다. 나는 그런 공간이 처음이라 자꾸만 어깨에 힘이 들어간다. 소정이는 아무렇지 않게 카드키를 들고 앞장서 걷는다. 주변을 둘러보지 않는 게 여기 사는 사람답다. 그 뒤를 졸졸 따라가며 문득 생각한다. 이 아이의 뒷모습을 이렇게 가까이서 본 건 처음인 것 같다.

"들어와, 유나야."

현관에서 신발을 벗고 조심스레 안으로 들어선다. 중문을 열고 들어가니 여기도 온통 대리석이고, 실내 슬리퍼를 신지 않으면 안 될 것 같았다. 소정이를 따라 주섬주섬 실내화로 갈아신었다. 리모델링을 한 건지 온 집안이 흰색으로 맞춰져 있다. 인스타에서나 보던 연예인 집 같다. 거실은 미니멀하지만 티비나 소파도 다 비싸 보이고, 한쪽 벽엔 하얀색 그랜드 피아노가 놓여 있다.

"너 피아노 칠 줄 알아?"

"응. 엄마한테 어릴 때 잠깐 배웠어. 듣고 싶은 곡 있어?"

"나는 잘 몰라. 듣고 싶은 건… 하울의 움직이는 성?"

"내가 쳐줄게."

손을 건반 위에 얹고, 망설임 없이 연주를 시작한다. 하얀 손이 건반을 오가며 춤추듯 움직인다. 놀랍도록 자연스럽고 섬세하다. 온몸을 사용할 줄 아는 사람의 움직임이다. 팔부터 등까지 물결처럼 움직이며 연주하고 있다.

"피아노 진짜 잘 친다. 부럽다."

"난 네가 더 부러워."

이런 집에 살면서 내가 부럽다고? 순간 싸늘해진 표정을 들켰을까 걱정되어 소정이를 봤는데, 그 애는 피아노에 시선을 고정하고 있다.

"…엄마가 피아노 선생님이야? 아까 엄마한테 배웠다며."

"피아노 전공이셨어."

 잠깐 정적이 흐른다. 나도 소정이도 무슨 말을 해야 할지 몰라 머뭇거린다. 생각해 보니 우리는 이런 대화를 해 본 적이 없다.

"뭐 마실래?"

"그냥 물?"

 소정이가 주스를 꺼내며 자기 방으로 오라고 손짓한다. 방 한쪽 벽을 책장이 가득 채우고 있다. 책이 정말 많아서 서점 같다. 천장에는 별 천지다. 소정이 말로는 야광 별이라 밤이 되면 더 예쁘다고 한다. 별자리 포스터와 야광 별로 도배된 방을 보니 광기가 느껴진다. 정말 별에 미쳤다는 말이 괜히 나온 게 아니다.

"너 여기 있는 책은 다 읽었어?"

"거의?"

"책 좋아하나 보네. 난 네가 우주나 별 같은 책만 보는 줄 알았는데."

나는 빈백에, 소정이는 의자에 앉아 책을 펼쳤다. 소정이는 역시 우주에 관한 책을, 나는 <데미안>이라는 책을 골랐다. 학교 도서관 필독도서 코너에 있던 책. 우정을 통해 자기를 찾아가는 이야기라고 했던 것 같다.

커다란 통유리 창문 너머로 때 늦은 햇빛이 쏟아져 내린다. 시간 가는 줄 모르고 책을 읽다 보니 어느새 6시다.

"이제 나 가야겠다. 아직도 아무도 안 왔네. 부모님은 늦으셔?"

"부모님? 나한테 관심도 없어."

흘리듯 중얼거리는 소정이 목소리를 뒤로 하고 일단 짐을 챙겼다. 1층까지 배웅 나온 소정이에게 젊은 아주머니 한 분이 다가온다. 나는 본능적으로 인사를 했다.

"안녕하세요."

"소정이 친구구나? 반가워. 얘가 친구를 집에 데려온 적이 없어서 놀랐네. 더 있다가 밥도 같이 먹고 가지."

"아뇨, 시간이 늦어서요. 다음에 또 올게요."

엄마가 나타나자 갑자기 말이 없는 소정이. 옆에 서 있는 내가 민망할 정도로 냉랭한 얼굴이다. 학교에서 묻지도 않은 말을 쏟아내던 소정이와는 전혀 다르다. 엄마에게 틱틱거리는 걸 보니, 역시 소정이도... 아직은 어린가 보다.

***

 일주일에 두 번 있는 체육 수업. 다들 서둘러 옷을 갈아입고 나가는데, 소정이는 오늘도 교실에 혼자 남아 있다. 다들 체육복을 갈아입는데도 멀뚱히 앉아있다. 왜 참여하지 않는지 이유는 아무도 모른다.
 오늘은 배구 수업이다. 공을 10번씩 튕기는 연습을 반복했더니 얼굴에 땀이 송글송글 맺힌다. 곧 집에 있는 손풍기를 가지고 와야겠다고 생각하며 교실로 왔더니 분위기가 어수선하다. 무슨 일이 벌어진 건지, 아이들이 내 책상 주위에 모여 있다. 비집고 들어가 보니 가운데 지영이와 소정이가 있다. 지영이는 얼굴이 벌겋게 달아오른 채 화를 내고 있고, 소정이는 구석에 몰려 고개를 숙이고 있다.
 "체육 시간에 교실에 남아 있었던 게 너잖아. 네가 모르면 누가 알아? 네가 보고 있었을 거 아냐. 누가 가져갔는지 말해."

평소 같지 않게 지영이가 흥분해 있다. 소정이는 평소처럼 입을 다문 채 말이 없다.

"패드에 발이라도 달렸나 봐? 어디로 갔는지도 모르고."

해인이가 거들며 웃는다. 다른 아이들도 이 상황이 위태롭지만 흥미로운 얼굴이다.

"근데 소정이네 잘 산다며? 돈도 많은데 뭐가 부족해서 그걸 훔쳐?"

"부자라고 도벽 없냐? 심심해서 훔치나 보지."

해인이네 애들은 이런 때도 거침없다. 소식을 들은 다른 반 애들까지 몰려들어 구경거리가 됐다. 나는 황급히 둘 사이에 선다.

"지영아, 무슨 일이야? 왜 그래?"

지영이는 나를 보자 울먹이는 표정으로 바뀌었다.

"엄마가 얼마 전에 사준 패드가 없어졌어. 분명히 내가 가방에 넣어놨거든? 근데 체육 끝나고 왔더니 없어졌어."

"혹시 사물함이나 다른 곳에 있는 거 아냐?"

지영이는 평소에도 덤벙대는 편이다. 그걸 알아서 다시 한

번 찾아 보라고 말한 거였는데, 그 말이 기름을 끼얹은 듯 지영이 얼굴이 불타오른다.

"유나야, 너 내 친구 맞아? 어떻게 지금 소정이 편을 들어. 그럼 내가 기억 못 하고 억지 부린다는 거야?"

"아니, 그게 아니라…"

"해인이 말 틀린 거 아니잖아. 체육 시간에 우리 반에서 소정이만 남아 있었던 거 우리 반 애들 다 알아."

그때 담임 선생님이 교실에 들어오신다. 웅성거리던 아이들이 잽싸게 제자리에 앉는다. 마침 다음 시간이 수학이었는데 누군가 말을 전한 듯, 이미 상황을 알고 계신 눈치다.

"조용히 하자. 지영이 물건이 없어졌다던데, 혹시라도 가져간 친구가 있다면 오늘 6시까지 교무실로 가지고 와. 그럼 아무 일 없었던 걸로 할게."

아이들은 하나같이 고개를 숙인다. 선생님은 아무 일 없었다는 듯 책을 펼치라고 하시고, 수업이 시작된다. 하지만 모두가 책장을 넘기기만 할 뿐, 집중하는 눈은 하나도 없다.

수업이 끝나고, 나는 조심스럽게 지영이 자리로 갔다.

"지영아, 다 정리했어?"

"유나야, 너 먼저 가. 나 잠깐 들를 데가 있어서."

"어디? 같이 가 줄까?"

"아니, 괜찮아."

나를 보지도 않고 짐을 던지듯 가방을 싸며 말한다. 전에도 가끔씩 삐친 적은 있지만 그렇다고 집에 혼자 가겠다고 한 적은 없었는데. 굳이 말하지 않아도 알 수 있다. 우리 관계가 이미 달라졌다는 걸.

"아, 유나야. 그리고... 내 눈치 보지 마. 다니고 싶은 애랑 다녀야지. 엄마들끼리 친하다고 우리도 꼭 친하게 지낼 필요는 없잖아."

종지부를 찍는 그 말에 나는 넋을 놓았다. 어깨를 스치고 나가는 지영이의 뒷모습. 내가 바라던 건 이런 게 아닌데.

그러고 보니 며칠 전에 지영이가 소정이에 대한 말을 했다. 학원 끝나고 집으로 돌아가던 길, 같이 교회 다니는 재민 오빠네 편의점 앞에서 소정이를 봤다. 자기 집 근처도 아닌데 와 있는 게 이상해서 쳐다본 기억이 난다. 그것도 하필 재민 오빠네 편의점이라 더 마음에 걸렸었다.

"유나야, 쟤 재수 없지 않아?"

"누구?"

"네 짝. 이름이 뭐더라…"

"소정이."

"맞다, 소정이. 뭐 피해 주는 것도 아닌데 괜히 싫은 애 있잖아. 맨날 아침마다 기사 딸린 차 타고 등교하는 것도 재수 없고, 그럴 거면 강남에서 학교 다니지 왜 굳이 여기까지 와서 눈에 띄게 굴어?"

"음… 사정이 있겠지."

"너 요새 은근히 쟤 편들더라. 유나야, 너 내가 좋아 쟤가 좋아?"

"아니, 그냥 반에서 괴롭힘 당하는 거 보면 좀 불쌍하잖아."

지영이 반응도, 우리 사이의 기류도 쎄했는데 그냥 모른 척했다. 그러다 여기까지 와 버렸다. 어쩌면 지영이는 이미 알고 있었던 걸까. 나도 모르게 소정이에게 향하는 내 마음을.

그 일 이후 지영이는 내게 눈길조차 주지 않는다. 종종 해인이 무리랑 어울려 다니고, 나랑은 조별 모임에 붙어서도 필요한 말만 한다. 형식적인 태도나 선을 긋는 듯한 말투가 너무 선명하게 느껴진다. 엄마도 불안한 내 마음을 눈치챘는지 물어온다.

"유나야, 학교에서 무슨 일 있어?"

그냥 고개만 젓는다. 혼자가 된 느낌이다. 처음으로 학교에 가기 싫다. 지영이는 내게 친구 이상의 존재였는데, 그게 이렇게 쉽게 무너질 수 있는지 몰랐다. 이제 교회에서도 나 대신 예은이랑 붙어 다닌다. 그렇다고 내가 소정이랑 다닐 것도 아닌데.

아무리 마음이 아파도, 시험은 다가왔다. 우정도 친구도 잠시 내려놓고 매일 책상 앞에 앉았다. 다행히 시험 기간에는 교실도 조용하다. 혼자 있어도 눈에 띄지 않게. 그게 아니었으면 진짜로 무너졌을지도 모른다. 집중이 안 돼도 애써 책을 펼쳐 놓고 있다. 당장 할 수 있는 건 그것뿐이다.

학교 끝나고 엄마 가게에 가니, 요즘 손님이 많아서 바빴던 지영이네 이모가 오랜만에 커피를 한 잔 하고 있다. 가게가 아파트 상가에 있어서 따로 예약이 없어도 동네 분들이 자주 드나드신다. 여러 소문이 오가는 곳이기도 하고, 특히 지영이 이모는 심심할 때마다 엄마 가게를 지키신다.

"자기, 오늘 옷 떼왔나 보네. 못 보던 옷이 많다."

이모는 신상 코너를 살피다가 여러 벌을 들고 계산대로 온다. 고르신 옷도 보면 무난한 게 하나도 없고, 전부 화려한 패턴이다. 엄마도 그걸 알고 화려한 옷들을 가져오는 것 같다.

 "유나야, 우리 지영이 요즘 학교에서 어때? 왜 그런지 요즘 통 말이 없네. 진짜 사춘기 온 건가? 나 벌써 겁나잖아~"

 순간 몸이 굳는다. 뭐라고 말해야 할지 몰라 우물쭈물하는데, 엄마랑 이모는 이미 수다에 푹 빠져 있다. 그 틈에 가게 한쪽 의자에 조용히 앉아 핸드폰 하는 척을 하며 생각에 잠긴다. 어릴 때 나는 친구가 없었다. 말도 적고, 낯도 많이 가렸다. 그런 내게 처음 다가와 준 게 지영이다.

 "너 초코우유 좋아해?"

 "응."

 "이거 먹을래?"

 "왜?"

 "그냥. 네가 마음에 들어서?"

 맑게 웃으며 초코우유를 내밀던 지영이. 그때부터 우리는 단짝이 됐다. 지영이랑 쌍둥이 남매인 수영이를 옆에 두고도, 동네 아주머니들이 우리 둘을 자매냐고 물어볼 정도였다.

초등학교 때도 계속 같이 다니다가 올해 같은 반이 되었을 땐 진짜 너무 기뻤다. 그런데... 왜 이렇게 되어버렸을까. 눈물이 날 것 같아 입술을 꾹 문다. 그때 지영이 이모가 자리에서 일어나며 말한다.

"우리 오랜만에 저녁 같이 먹자. 요즘 애들 스케줄 맞추느라 밥 한 끼 같이 먹은 적도 없네."

그렇게 급하게 약속이 잡혀버렸다. 평소에 자주 가던 중식집에서 지영이네 가족과 저녁을 먹기로 했다. 원래같으면 신나게 떠들면서 먹었을 텐데, 오늘은 수영이한테 찰싹 붙어 있는 유선이만 신났다. 음식을 앞에 두고 어색한 공기가 맴돈다. 이모가 먼저 입을 연다.

"오늘따라 지영이랑 유나가 너무 조용하다. 너희 무슨 일 있니?"

나는 고개를 들고 말하려다, 지영이와 눈이 마주친다.

"어..."

"아니요."

"뭐야, 누구 말이 맞는 거야? 유나야, 지영이랑 싸웠어?"

엄마도 눈치를 채고 물으신다. 지영이 이모가 얼른 거들었다.

"유나야, 우리 지영이가 요새 사춘기야. 착한 유나가 좀 이해해 줘."

그 순간, 지영이가 숟가락을 던지듯 내려놓고 말한다.

"엄마는 왜 맨날 유나만 착하다 그래? 꼭 가만히 있는 나한테 그러지. 엄마 딸은 아주 못돼 처먹어서 죄송합니다."

날카롭게 소리를 지르고는 벌떡 일어나 나가버린다. 이모도 엄마도 당황해서 서로를 바라본다. 급하게 따라 나가 봤는데 지영이가 보이지 않는다. 수영이도 걱정되는 얼굴로 따라 나온다.

"유나야, 걱정하지 마. 쟤 뒤끝은 없는 애잖아. 조금만 기다리면 괜찮아질 거야."

지영이 이모는 털털하게 웃으며 말한다.

"별일 아니야. 애들 다 저러면서 크는 거지. 우리 땐 안 그랬나?"

그날 저녁, 나는 밥을 입으로 먹는지 코로 먹는지 모르게 억지로 자리를 지켰다. 지영이네와 헤어지고 집으로 돌아오는 차 안에서 엄마가 묻는다.

"진짜 무슨 일 있었어? 말하기 싫으면 안 해도 돼."

결국 참았던 눈물이 왈칵 쏟아진다. 그리고 천천히 이야기한다. 학교에서 있었던 일, 지영이와의 오해, 소정이에 대한 생각까지. 내 말을 다 듣고 난 엄마는 조용히 어깨를 토닥이며 말한다.

"우리 유나가 중간에서 고생했겠네…."

그제야 가슴이 조금 풀리는 것 같다. 엄마가 차에 있는 물티슈를 꺼내며 말한다.

"이제 괜찮아질 거야. 지영이도 마음이 불편할걸? 가끔은 시간이 약일 때도 있더라. 엉킨 실타래를 막 풀려고 하면 더 엉킬 수도 있어. 천천히 풀어. 이미 미안하다고 했다면서. 그럼 당분간 네 몫은 끝난 거야."

그날 밤, 나는 침대에 누워 지영이 인스타를 보다가 책상에 놓인 곰돌이 병을 바라본다. 요즘 누가 저런 걸 만든다고… 색종이로 접은 별들 중에서도 금색 별 하나가 하얗고 영롱한 불빛을 받아 반짝인다. 소정이는 대체 어떤 마음일까. 중간고사도 곧 끝날 거고, 엄마 말처럼 시간이 조금씩 해결해 줄 거라 믿으며 잠이 들었다.

***

아침부터 유선이랑 윤후가 투닥거리는 소리에 정신을 차리고 보니, 엄마가 일기예보를 확인하며 말한다.

"오늘 비 온다니까 우산 꼭 챙겨. 알았지?"

안 그래도 시험 기간이라 가방이 무거운데 혹시 모르니 우산을 쑤셔 넣었다.

수업이 끝나고 혼자 신발을 갈아신는데 소정이가 말을 건다.

"친구들이랑 걸어서 집에 가는 건 어떤 기분이야?"

나는 고개를 돌려 쳐다본다.

"응? 뭐 별거 있나? 그냥 얘기하면서 가는 거지, 뭐."

별말 없이 소정이도 교문을 향해 걷는다. 어쩌다 보니 둘이 나란히 걷게 됐다. 오늘도 소정이네 기사 아저씨는 차 유리를 닦으며 소정이를 기다린다. 항상 그 자리에, 매일 같은 시간에. 그 순간, 소정이가 갑자기 고개를 돌려 내 손목을 낚아챈다.

"유나야, 뛰어!"

엉겁결에 나는 소정이 손에 붙들려 쪽문을 향해 달렸다. 애는 힘이 또 왜 이렇게 좋은지, 뿌리치지도 못하고 달리다 보니 숨막혀 죽겠다.

"기사 아저씨가 너 기다리는 거 아니야?"

뒤에서 기사 아저씨가 소정이를 부른다.

"소정아! 어디가!"

소리가 점점 멀어진다. 그 후로도 한참을 달렸다. 그제야 소정이가 멈춰 서서 숨을 고르며 말한다.

"친구랑 뛰는 거, 이런 기분이구나. 나 처음 느껴봐. 힘껏 달려 본 적도 없고 도망쳐 본 적도 없었어. 너랑 같이 있으니까 세상이 다 보이잖아."

나는 헐떡이면서 애가 무슨 말을 하는 건지 이해하려 한다. 어쩐지 나보다 더 힘든 건 소정이 쪽 같다. 세차게 숨을 고르는 소정이 등을 토닥인다.

"부모님한테 혼나는 거 아니야?"

"혼나지, 뭐. 그냥 내 맘대로 살고 싶어."

평생 갇혀 있던 성에서 도망쳐 나온 라푼젤처럼 개운한 얼굴로 이젠 소리까지 내며 웃는 소정이. 바람이 그 애의 머리카락을 흩날린다. 순수한 사람이 미치면 이런 느낌일까.

"지구는 내 안에 너무 작아. 그 안에 사는 인간도 먼지 같은 존재 아닐까? 모든 행성은 태양 빛을 받아 빛나잖아. 유나야, 넌 별이 되고 싶어?"

 나는 바로 대답하지 않고 일단 숨을 고른다.

"네가 이런 말 할 때마다 난..."

"유나야, 너 별자리 뭐야?"

"안 그래도 저번에 네가 물어봐서 찾아봤어. 물병자리더라."

"물병자리는 행운을 주는 자리인데."

"그럼 좋은 거네."

"응. 난 물병자리 좋아해."

"고백이야? 미안한데 난 너 안 좋아해."

 소정이가 피식 웃는다.

"유나야, 유성 떨어지는 거 본 적 있어?"

"아니. 언제 떨어지는데?"

"올해는 8월 중순에 많이 떨어진대. 꼭 봐."

 그 애와 처음으로 길게 이야기를 하며 우리 집 근처까지 왔다. 그런데 갑자기 비가 쏟아진다. 이래서 아침에 엄마가 우산을 꼭 챙기라고 했구나. 얼른 가방에서 우산을 꺼내 펼친다. 우산을 들고 소정이 옆에 붙어 섰다.

"비 온다는 거 어떻게 알았어?"

"엄마가 그러더라. 우산 챙기라고. 엄마들은 참 신기해. 다 알잖아."

"꼭 그렇진 않던데."

알 수 없는 말을 하며 자꾸 우산 밖으로 발을 내딛는다. 그러더니 아예 빗속으로 뛰어 들었다. 물놀이하는 아이처럼 신난 얼굴로. 계속 팔을 뻗어 소정이를 붙잡았다.

"너 그러다 감기 걸려."

"유나야, 너도 한번 와 봐. 나 비 처음 맞아봐. 너랑 있으면 항상 특별한 일이 생겨. 그래서 난… 좋아."

소정이가 천천히 웃는다. 나는 아무 말도 하지 않는다. 마음이 조용히 흔들린다.

다음 날, 소정이는 학교에 오지 않았다. 빈 옆 자리를 보면 그 애가 숨을 고르던 소리가 들리는 듯하다. 어제 비를 맞고 감기라도 걸린 걸까.

두 번째

"예은아, 잠깐 얘기 좀 할 수 있어?"

쉬는 시간에 옆 반으로 가서 예은이를 복도로 불러냈다. 친한 것까지는 아니라도 교회 친구니까 얘기는 잠깐 할 수 있겠지. 다행히 웃으며 따라나오는 예은이. 어디서부터 어떻게 얘기해야 할까.

"너 소정이랑 친했다고 들었는데, 혹시 왜 지금은 같이 안 다녀?"

예은이 얼굴이 순식간에 식었다. 이렇게 갑자기 달라 보일 수도 있나.

"아… 그게 왜 궁금한데?"

"내가 소정이랑 짝이거든. 그냥 좀 궁금해서."

예은이는 잠시 머뭇거리다 입을 연다.

"소정이랑 친해지면 상처받을 수도 있어. 나도 그랬거든."

"무슨 뜻이야?"

"걔가 나쁜 애는 아니야. 근데 친구로 지내기엔 좀 힘들더라. 나도 초딩 때 별 좋아해서 친해졌거든."

"그랬구나."

"소정이는 진짜 별, 우주 같은 거엔 관심 많아. 근데 딱 거기까지야. 그 이상은 안 되는 느낌? 나도 초딩 때 좋아했던 거지, 걔가 아직도 별을 좋아할 줄은 몰랐어. 지금도 봐. 소통이 안 되잖아."

"...그래서 사이가 멀어진 거야?"

"음… 사실 소정이 생일에 걔가 한 번도 롯데월드 안 가봤다길래, 내가 생일 선물로 티켓 끊고 11시에 역에서 만나기로 했거든? 학원도 엄마 몰래 빼고 갔는데, 당일 되니까 갑자기 메시지도 안 보고 전화도 안 받는 거야. 나 거기서… 두 시간 기다렸어."

"아... 그건 좀 너무했다."

"근데 다음 날 학교에서도 사과 한 마디 없었어. 그래도 이해해 보려고 가서 물어봐도 아무 말도 안 하고, 그냥 혼자가 편한 애처럼 자기 세계에 들어가 있더라. 걔한테 나는 뭐였을까 싶더라고."

예은이의 말을 듣고 생각에 잠긴다. 소정이가 왜 그랬을까. 조용하고 엉뚱하긴 하지만 싸가지 없는 애는 아닌데. 그 애를 알 것 같다고 생각했는데 여전히 모르겠다. 혹시 소정이도 지금의 나처럼, 어처구니없는 오해로 소중한 사람을 놓쳤던 건 아닐까.

예은이한테 인사를 하고 나니 갑자기 눈물이 고인다. 지영이가 보고 싶어서 교실에 가 보니 없다. 여기저기 찾아보는데 예서가 계단을 뛰어 올라간다. 저기로 가면 옥상밖에 없는데… 불안한 마음으로 따라가 보니 거기엔 이미 몇몇 애들이 모여 있고, 끄트머리에 지영이도 있다. 애들 사이에서 퍼져 나오는 묘한 연기, 담배 냄새다.

학원에서 지영이를 불렀다.

"지영아, 잠깐 나와 봐."

"나 너랑 할 얘기 없는데."

"그럼 너 담배 피우는 거 이모한테 말해도 돼?"

지영이가 눈을 동그랗게 뜨고는 따라 나선다. 걷다 보니 평소에 같이 가던 놀이터에 도착했다. 내가 먼저 그네에 앉고, 지영이도 옆자리에 앉는다. 여기까진 예전과 같다.

"너 왜 걔네랑 어울려. 네가 나보고 걔네 조심하라고 했잖아."

"그러는 넌 내가 소정이 이상하다고 했는데 왜 걔랑 노는데?"

"소정이가 걔네랑 같아? 그건 좀 아니잖아."

"그럼 넌 나랑 소정이가 같아?"

"또 시작이다. 저번에도 이러더니."

"어차피 내가 뭐라 해도 넌 걔랑 계속 놀 거잖아. 그럼 걔랑 놀고, 나 신경 쓰지 마."

"내가 어떻게 널 신경 안 써! 우리가 몇 년을 봤는데."

"그러니까 더 실망이지. 거짓말까지 해 가면서 걔네 집에 가고."

"그건 또 무슨 소리야?"

"너 내가 저번에 카페 가자고 했는데 컨디션 안 좋다고 했잖아. 학교에서 보자고. 그날 너 소정이네 집에서 나오는 거 봤어. 피아노 과외 바꿨는데 선생님이 걔랑 같은 아파트에 사시더라."

"그건... 진짜 갑자기 간 거야. 네가 전화했을 땐 걔네 집에 있었고. 솔직히 말 못 해서 미안해."

"그때부터였어. 네가 나보다 소정이 먼저 챙기는 느낌. 교실에서 내 패드 없어졌을 때도 걔 걱정부터 했잖아. 솔직히 좀... 배신이었어."

"...미안해. 근데 너까지 걔네한테 물들면 어떡해. 그리고 담배는 진짜 아니야. 너도 알잖아. 네가 그럴 사람 아니라는 거."

"걔네들은 최소한 내 말부터 듣고 공감해 주거든."

"......"

"너 이거 엄마한테 말하면, 나 다신 너 안 본다."

지영이가 그대로 일어나 가버린다. 가만히 혼자 앉아 있는데 나도 모르게 눈물이 난다. 그런 의도가 아니었는데, 결국 지영이에게 상처를 준 건 나였다. 생각할수록 미안하고 억울하다. 왜 이런 일이 생겨야 했던 거지. 아무 말도 못하는 내가 싫다.

"유나구나. 혹시나 했는데."

울다가 고개를 드니, 재민 오빠가 서 있다.

"재민 오빠…"

"여기서 뭐 해? 어두운데 혼자."

"…오빠는요?"

"학원 끝나고 집 가는 길이야. 같이 가자."

예전에는 오빠네 편의점에 일부러 핑계까지 대고 갔는데, 그러고 보니 요즘은 그럴 생각도 못 했다. 마음에 여유가 없어서 그런가. 6학년 때부터 오빠를 좋아했다. 아마 오빠는 모를 거다.

"무슨 일 있어? 얼굴이 안 좋아 보이네."

"친구랑 좀 엇갈렸는데, 계속 꼬이기만 해서… 복잡해요."

오빠는 괜히 조언을 하기보다 가만히 옆에 있어주는 편을 택했다. 내가 자리를 털고 일어날 때까지, 별말 없이 곁을 지켜주었다.

긴 하루 끝에 누군가 묻는다.

"넌 별 좋아해?"

갑자기 내 삶에 들어온 소정이라는 아이도, 늘 곁에 있을 줄 알았던 지영이와의 관계도, 지금의 나는 그 모든 게 벅차기만 하다.

***

 일주일 동안 학교에 나오지 않던 소정이가 다시 나타났다. 역시 아무런 소식도 없이. 지영이는 담배 사건 이후로 그 애들이랑 조금 거리를 두는 것처럼 보였다. 짝이 없어 허전하던 교실의 구석자리에 소정이가 앉아 있는 걸 보니, 괜히 마음이 놓였다. 혹시 그날 비를 맞아서 감기에 걸렸던 건 아닐까, 걱정이 되어 조심스레 물었다.
 "몸은 좀 괜찮아? 혹시 아팠어?"
 소정이는 평소처럼 뜬금없는 대답을 내놓는다.
 "별 보러 다녀왔어."
 당황스러운데도 웃음이 나왔다. 역시 소정이다.
 그래도 그 애를 보니 혼란스러웠던 마음이 조금은 편해졌다. 담임 쌤이 들어오자 애들이 탄성을 지른다. 서둘러 봤더니 선생님 손에 중간고사 성적표가 들려 있다. 특히 수학 시험이 어렵게 나와서 이런저런 말이 많았다. 점수 이야기를 하시다가 갑자기 선생님이 의외의 이름을 부른다.

"박소정"

교실이 순간 얼음처럼 굳는다. 소정이의 이름을 듣고 다들 일제히 고개를 든다.

"이번 시험에서 유일한 백점이네."

소정이가 수학 만점이라니. 수줍게 웃고 있는 소정이가 달라 보였다. 해인이랑 친구들도 놀란 눈치다. 그 일 이후, 아이들의 태도도 조금씩 달라졌다. 소정이를 대놓고 괴롭히는 분위기는 확실히 줄었다. 소정이가 여전히 조용하고 독특한 애인 건 맞지만, 이제는 '이상한 애'에서 '이상한데 공부 잘하는 애'로 신분이 상승된 느낌이다. 물론 그렇다고 선뜻 다가와 주는 건 아니었지만.

소정이는 시험을 잘 보든 못 보든 혼자지만, 그렇다고 외로움이 느껴지지는 않는다. 태어난 이래로 계속 혼자 있는 게 당연한 사람처럼. 하나 달라 보이는 게 있다면 조용히 앉아 있지만 묘하게 교실의 공기 속에 스며들어 있는 듯한 느낌. 소정이는 달라지지 않았다. 그 애를 바라보는 우리의 시선이 달라졌을 뿐이다.

***

 풀 한 포기, 나무 한 그루 없이 텅 빈 공간. 거대한 별 하나가 천천히 다가온다. 노란빛과 하얀빛이 뒤엉켜 밀려오는 모습이 마음을 요동하게 한다. 자세히 보니 여덟 개의 색으로 나뉘어 번진다. 프리즘으로 비추어 본 것처럼.
 알 수 없는 형체들이 이리저리 떠돌아다닌다. 팔인지 다리인지, 혹은 그것조차 아닌 무언가 지나간다. 다가올 듯 다가오지 않는 그들을 보는데 괜히 마음이 아프다. 아쉬운 건가, 슬픈 건가. 그 틈을 조용히 걷는다. 낯선데 익숙하고, 고요한데 기쁘다. 묘하게 마음이 가라앉는다.
 어린 시절 아빠의 캠코더로 찍은 사진이 파노라마로 펼쳐진다. 분명 아는 장면인데도 다시 보니 낯설다. 내가 아닌 것 같은 느낌. 내 앞에 멈춰 서는 누군가를 느끼고 고개를 들었다.

쭈글쭈글한 얼굴에, 검은 두 눈동자가 여린 빛을 내는 존재. 말 한 마디 없이 손짓만으로도 나와 통한다.

우리는 말없이 웃는다. 설명하지 않아도 괜찮은 순간. 그가 내게 반짝이는 구슬을 내민다. 나는 망설임 없이 입에 넣는다. 아무런 맛도 향도 없는데, 속이 이상하게 따뜻하다. 비어 있던 무언가가 아주 조용히 채워지는 느낌. 말로 설명할 수 없는, 오래된 결핍 같은 것. 멀리서 누군가 내 이름을 부른다. 아주 멀리서, 파도처럼 일렁이는 목소리에 눈을 떴다.

눈을 떠 보니 커튼 사이로 햇살이 스며든다. 반복해 맞춰둔 알람이 이미 한 차례 지나간 듯하다. 무언가를 깊이 통과해 온 느낌. 설명할 수 없지만 분명히 마음 어딘가가 조금 가벼워졌다. 현실로 돌아왔지만, 방금 전 그 꿈이 어딘가에 맴돈다. 그건 단지 상상이었을까, 아니면 아주 먼 세계와의 은밀한 교신이었을까. 분명히 이해하지 않아도 괜찮다. 그저 조금 더 멀리 볼 수 있을 것 같은 기분, 그거면 충분하다.

***

"지영이 너 여기 살아?"

"뭐야, 내가 어디 살든 무슨 상관인데."

"너… 혹시 나 때문에 유나랑 멀어진 거야?"

"뭔 소리야."

"네가 유나랑 사이 틀어진 게 나 때문이라고 들었어."

"유나가 그래? 그냥 상관하지 마."

"아니, 다른 애들이… 난 그냥 유나 좋아서 친구 하자고 한 건데."

"너네가 친구를 하든 말든 관심 없어."

"유나 미워하지 마."

"진짜… 넌 유나가 왜 좋은데?"

소정이는 잠시 뜸을 들이다가 말한다.

"그냥 유나랑 있으면 편해. 나를 보는 게 꼭 엄마 같아."

학교에 와서 소정이 이야기를 들어보니, 우연히 아파트 엘리베이터에서 만난 지영이와 처음으로 대화다운 대화를 했다고 한다. 지영이는 자기가 생각보다 말을 잘해서 놀란 눈치고, 소정이는 지영이가 나를 어떤 친구로 생각하는지 조금 느껴졌다고 했다. 물론 직접적으로 말은 안 했지만. 둘이 겉으로는 완전 달라 보이는데 내가 봤을 땐 속이 꼭 닮았다. 여리고 착한 애들. 다만 털털해 보이는 것뿐이고, 조용해 보이는 것뿐이다. 서로 그걸 알 수 있다면 참 좋을 텐데.

소정이가 반 아이들이 제출한 과제 파일을 정리해 교탁에 올려놓고 있는데, 지영이가 다가와 뒤엉킨 파일을 번호순으로 다시 맞춰 덮는다.

"이런 것도 혼자 못 하냐."

툭 던지듯 말하지만 손끝은 익숙하다. 소정이는 잠시 멈칫하더니 지영이를 올려다본다.

"뭘 봐."

툭 내뱉는 말이지만 어딘가 장난기 섞인 말투다. 여전히 날이 서 있지만, 다시 예전 같은 따뜻함이 묻어난다.

해인이나 수연이, 예서 같은 아이들은 여전히 소정이를 향해 심술을 부린다. 지나가며 가방을 툭 치거나, 일부러 부딪히기도 한다. 예전 같으면 나도 움츠러들었겠지만, 이제는 그렇게까지 신경 쓰지 않는다. 신기한 건 지영이 앞에서는 그 애들도 괜히 눈치를 본다는 것이다. 지영이의 솔직한 성격을 알기 때문일지도, 아니면 내가 모르는 무언가 있는 걸지도.

교탁 앞에 둘이 서 있는 모습을 보니 엘리베이터에 서 있는 장면이 보이는 듯해 웃음이 새어 나왔다.

"미쳤다, 너네 알고 있었어? 옆반 다영이가 범인이라며…"

갑자기 교실 문을 열고 들어온 아이가 숨을 헐떡이며 말한다. 그 말에 다들 얼어붙는다.

"무슨 범인?"

"요즘 반마다 자꾸 물건 없어진 거 있잖아. 그거 다 다영이가 훔친 거래."

"진짜야?"

"진짜. 돈 없는 것도 아니고 그냥 습관처럼 그런대. 도벽이래."

"헐… 우리 반에서 지영이 물건 없어진 것도?"

"응, 그것도 걔가 가져간 거래. 복도 CCTV에 찍혔다더라. 곧 선생님이 돌려주실 것 같던데."

아이들은 그제야 웅성거리기 시작한다. 누군가 속삭이듯 말한다.

"그럼 지영이도 소정이한테 사과해야 하는 거 아냐?"

"싫은 건 싫은 거고, 잘못한 애는 따로 있고... 사과는 해야지."

"다영이는 이제 어떡한대?"

"3반 부실장이었잖아. 자퇴한다더라."

"진짜?"

"심리 상담 받을 거라던데."

교실 분위기가 묘하게 가라앉는다. 방금 전까지만 해도 큰 소리로 떠벌리던 말들이 이제는 술렁거리는 소리로 바뀌었다. 이상하게 그 소리가 더 선명하다. 선생님이 교실에 들어오자, 아이들이 서둘러 자리에 앉는다. 다들 어쩐지 생각에 잠긴 표정이다. 지난번 소정이를 둘러싸고 비난하던 얼굴들은 다 어디로 갔을까.

점심시간이 끝날 무렵, 지영이가 오랜만에 내 자리로 왔다. 아니, 정확히 말하면 소정이 자리다.

"야, 오해해서 미안해. 그때 화낸 것도…"

"…"

"무슨 말이라도 좀 할래?"

"아… 괜찮아. 나도 미안해. 나 때문에 너랑 유나까지…"

"야, 내가 너랑 상관없다고 했지. 그건 유나랑 내 문제거든."

 가만히 듣던 나도 얼른 끼어들었다.

"지영아… 나도 미안해. 너 입장에서 생각 못 한 것 같아서."

"...그럼 뭐, 나도 이제 너네 집 좀 가보자."

"응?"

"유나는 갔잖아. 나만 빼고. 나도 한 번 가보고 싶어."

"그럼 이제 풀린 거야?"

"몰라. 너네 하는 거 보고. 우리 엄마가 그 아파트 사는 게 소원이라서 내가 먼저 가 보려고."

소정이는 대답하지 않았지만, 아주 조용히 웃었다. 내가 본 소정이의 세 번째 미소였다.

그날 학교가 끝나고, 우리는 진짜로 소정이네 집에 놀러 가게 되었다. 이번엔 둘이 아닌 셋이었다. 현관문을 열자마자 지영이가 감탄한다. 두 번 봐도 놀라운 집이긴 하다.

"와... 진짜 드라마에 나오는 집 같다."

소정이는 별 말 없이 가방을 내려놓는다. 거실 한쪽에 있는 하얀 피아노가 지영이 눈에 띈다.

"나 이 피아노 좀 쳐봐도 돼?"

소정이는 고개만 살짝 끄덕인다.

"와... 이런 피아노는 도대체 얼마야? 박소정, 너 피아노 잘 치냐?"

"칠 줄은 알아."

어느새 두 사람은 나란히 앉아 젓가락 행진곡을 치기 시작한다. 뒤에서 그 모습을 지켜보는데 괜히 마음이 따뜻해진다. 가슴에 눌려 있던 무언가가 풀어지는 기분이다.

지영이가 의자에서 내려와 집 구석구석을 구경하는 동안에도 소정이는 여전히 피아노에 앉아 이것저것 연주를 이어간다. 악보도 없이, 손가락이 건반 위를 자유롭게 오간다. 흰 손이 물 위를 미끄러지듯 흐른다.

얜 진짜 정체가 뭐지...? 창백하고 말랐는데, 수학도 잘하고 피아노도 잘 치고. 거기다 엉뚱하고 신비롭기까지 하다. 어쩐지 차가운 듯한 이 집까지. 그 모든 게 소정이와 묘하게 어울린다.

피아노를 치던 소정이가 일어나더니 조각 케이크와 우유를 꺼내 식탁에 놓는다. 부르지 않아도 지영이는 금세 따라온다. 나보다 더 이 집이 익숙해 보인다.

"너네 집 진짜 좋다. 유튜브에서 셀럽 집 보는 것 같아."

소정이는 아무 대꾸도 하지 않는다. 대신 엉뚱한 질문 하나를 던진다.

"너희는... 동생 있어?"

"동생?"

"응."

"지영이는 쌍둥이 오빠 있고, 난 여동생 하나, 남동생 하나 있어. 왜?"

"그냥, 동생이 있으면 어떤 느낌일까 궁금해서."

"유나야, 우리 소정이 약 먹을 시간이다. 갑자기 다른 소리 하는 거 보니까."

"지영아, 너 방금 우리 소정이라 했어."

"내가?"

우리는 그날 셋이서 처음으로 웃고, 유튜브도 보고, 피아노도 치고, 케이크도 먹었다. 해가 질 무렵, 지영이와 집에 가기 위해 나왔다. 소정이는 여전히 혼자 그 집에 남아 있다. 처음 그 집에서 나올 때와 같은 찜찜함은 그대로다. 너무 넓은 집, 너무 조용한 분위기.

밖으로 나오자, 지영이가 말을 꺼낸다.

"쟤, 이상하긴 한데... 애들이 말하는 것처럼 모자란 애는 아닌 것 같아."

나는 고개를 끄덕인다.

"이제 괜찮아?"

"뭐가?"

"그냥... 다."

"미안해, 유나야. 나도 모르게 질투했던 것 같아. 소정이한테 널 뺏기는 느낌이라서."

"아니야, 나도 너를 너무 당연하게 생각했어. 늘 네가 내 옆에 있을 거라 생각했나 봐."

"..."

"그리고 너 내 인스타 차단했어? 맨날 올리던 스토리가 왜 하나도 안 보여."

"몰라! 그럼 우리 다시 친해진 거다?"

"그런가 보다."

3반 다영이는 바로 자퇴를 했다고 들었다. 그리고 심리 상담을 받으며 검정고시를 준비한다고 했다. 그 일을 계기로 우리는 말을 하진 않았지만 자연스럽게 서로를 이해하게 되었고, 소정이와의 관계도 조금씩 달라졌다.

  지영이는 피아노 레슨을 받으러 오가다 엘리베이터에서 소정이와 자주 마주쳤고, 요즘은 학교나 시험 같이 일상적인 얘기도 나눈다고 했다. 별밖에 모르던 소정이가 이제는 다른 이야기들도 꺼내기 시작한 것이다. 시험 얘기, 날씨 얘기, 급식 얘기까지. 별이 아니어도 소정이는 충분히 이야기할 수 있는 아이였다. 그걸 우리가 조금 늦게 알았던 것뿐이다.

  지영이네 가족과 우리 가족이 함께 밥을 먹었던 날, 지영이는 자리를 박차고 나간 후에 자정이 넘어서야 집에 들어갔다고 했다. 다행히 지영이 아버지는 출장 중이었고, 지영이가 들어갔을 때 엄마만 거실 소파에 앉아 기다리고 계셨다고 한다.

  "이지영, 너 지금 시간이 몇 시인 줄 알아? 새벽까지 뭐하고 다닌 거야? 그리고 아까 유나네 앞에서 그 태도는 뭐야? 엄마가 얼마나 미안했는지 알아?"

  "…"

"왜 말을 못 해? 아까는 엄마를 잡아먹을 것처럼 하더니… 이게 무슨 냄새야. 너 술 마셨니?"

그날 지영이는 엄마한테 등짝을 수십 대는 맞았다고 했다.

"그만 좀 때려. 엄마는 내가 제일 만만하지? 공부 잘하는 수영이만 있으면 되잖아. 나한텐 관심도 없었으면서!"

그러고는 문을 쾅 닫고 방에 들어가 버렸다고 한다. 이모가 문을 몇 번이고 두드렸지만 지영이는 끝내 열지 않았다. 그 후 며칠 동안 이모는 미용실 문도 닫고 거의 나오지 않으셨다.

어릴 때부터 수영이는 몸이 약해서 밖에 잘 안 나왔고, 종종 책이나 블록을 가지고 놀던 조용한 아이였다. 지영이는 동네 골목대장 스타일이었고, 나는 늘 그 옆에 있었다. 놀이터에만 모이면 수영이는 늘 아빠 역할, 지영이는 슈퍼 아줌마나 미용실 원장님, 나는 아기, 유선이는 꼭 엄마 역할을 하겠다고 고집을 부렸다.

봄이면 놀이터에서 뛰놀고, 여름이면 공원에서 물놀이를 하고, 가을이면 집에서 간식을 까먹었다. 그때마다 세상에 걱정이라는 게 존재하지 않는 것처럼 웃었다.

그러던 지영이가 조심스레 말한다. 자기는 쌍둥이라는 게 싫었던 적이 많았다고. 할머니가 수영이만 예뻐하셨고, 오빠라는 말도 하기 싫을 만큼 수영이가 미웠던 적도 있었다고. 고작 1분 차이인데 그걸로 동생이 된 것도 너무 억울했다고 한다.

"그날 술은 누가 사 준 거야? 누구랑 먹었는데?"

"해인이네 애들이지 뭐. 수연이 엄마가 노래방 하잖아. 거기서."

"그니까 선은 넘지 말라고 했잖아."

"나는 그냥… 너처럼 착한 애 아니잖아."

지영이는 머쓱한 표정으로 말한다. 그리고 덧붙인다. 수연이네 집 사정도 알고 나니, 괜히 걔네가 안쓰러웠다고.

"걔네도 나쁜 애들만은 아니더라. 수연이 아빠는 이혼하시고 지금은 연락도 안 된대. 엄마가 혼자 고생 많았다고 하더라."

"…듣고 보니 좀 안 됐네."

"그니까. 나도 그 얘기 듣고 좀 생각이 많아졌어. 맨날 인스타에 예쁜 사진만 올려서 몰랐어. 역시 사람은 보이는 게 다가 아닌가 봐."

지영이는 말끝마다 이제 걱정하지 않아도 된다는 듯 웃음을 흘렸고, 나는 그 익숙한 얼굴을 보며 속으로 안도했다. 다행이라는 말이 목까지 차올랐다.

"유나야, 너는 내가 놀지 말랬다고 걔네 근처에 얼씬도 안 하더라."

"솔직히 좀 무섭기도 했고, 나랑은 안 맞는 애들 같아서. 너랑 어색해지기도 했고."

"그건 그렇지. 해인이가 초등학교 때 너랑 같은 반이었대. 알고 있었어?"

"응, 알고 있었어."

"근데 왜 말 안 했어?"

"그때랑 지금이 너무 달라서. 그냥 모르는 척했어."

 지영이는 피식 웃었다. 지영이랑 이모는 주말에 단둘이 오사카 여행도 다녀왔다. 짧은 2박 3일 여행이었지만, 지영이는 그걸 몇 번이고 자랑했다. 그렇게 미워하던 엄마도 싫지 않단다. 그 말이 왜 그렇게 뭉클했는지, 나도 모르게 고개가 끄덕여졌다.

***

하늘은 구름 없이 맑고, 벚꽃 잎이 나뭇가지 사이로 바람을 타고 흘러내린다. 초록빛과 따뜻한 기운이 어우러진 잔디밭 위에는 피크닉 매트가 있고, 그 위에 세 사람의 그림자가 겹쳐져 있다.

바스락거리는 포장지 소리, 캔 뚜껑 열리는 소리, 그리고 그보다 더 조용하게 섞여 있는 웃음소리. 나도 그중 한 명이다. 옆에 있는 두 사람은 이름을 부르지 않아도 알 수 있다. 지영이와 소정이다.

햇살이 뜨거울 정도로 내리쬐는데도, 그 안에 머무는 게 이상하게도 좋다. 말소리가 끊이지 않지만 마음은 시끄럽지 않다. 바람은 아무 말 없이 지나가고, 나는 그 속에 조용히 눕는다. 지나간 계절의 냄새와 아직 오지 않은 계절의 색이 동시에 머릿속을 스친다. 지금 나는 아주 멀고도 가까운 어딘가에 있다.

"유나야, 이거 재민이 이모한테 좀 갖다 드리고 올래?"

"…엄마, 유선이 시켜."

"유선이는 벌써 나갔지. 걔가 집에 있냐. 식기 전에 얼른 갖다 드리고 와."

또 꿈이다. 아무리 바로 옆이라지만 재민 오빠를 보기엔 너무 자다 일어난 몰골인데. 손이 큰 엄마는 뭐라도 하면 지영이 이모네도 드리고, 재민이 오빠네도 드린다. 가까워서 다행이지 멀었으면… 그 덕에 우리는 배달하기 바쁘다. 오늘은 엄마가 배추전을 부쳤다.

이모들한테 음식을 나눠주는 심부름은 대체로 유선이와 내 몫이다. 윤후는 아직 믿음직스럽지 않아서인지 한 번도 시킨 적이 없다. 오늘은 왠지 오빠네 집을 방문하기가 평소보다 더 긴장된다. 지난번 놀이터에서 우연히 마주친 이후로 처음 보는 거였다. 차라리 오빠가 없었으면 좋겠다고 생각하면서도 거울 앞에서 앞머리를 정리한다.

편의점 문을 여는 순간 '방문해주셔서 감사합니다'는 알림이 울린다. 항상 듣던 건데도 깜짝 놀랐다. 재민 오빠가 냉장고 앞에서 물류를 정리하다가 고개를 든다. 나를 보자마자 다가와 음식을 받아든다.

"엄마가 이모 배추전 좋아하신다고 갖다주라고 하셔서…"

"아, 고마워! 잘 먹을게. 유나 엄마한테도 전해 줘."

"이모는 안 계세요?"

"아빠 약 타는 날이라 병원 같이 가셨어."

 진열대에 놓인 물건들을 정리하는 오빠를 본다. 이마에 땀이 맺혀 있다. 괜히 닦아주고 싶다. 생각만 해도 얼굴이 달아오르는 것 같다. 오빠인데도 어쩐지 기특하고 안쓰럽다.

"내가 좀 도와줄까요?"

"괜찮아, 금방 끝나."

 가끔 그런 생각이 든다. 오빠랑 나는 같은 결의 사람일지도 모른다고. 지영이도, 소정이도, 하다 못해 예은이네도 다 자기 집에 사는 것 같은데. 오빠랑 나만 전셋집이다. 부모님이 자영업을 하시고, 매달 고정된 수입보다 그날그날 매출에 따라 달라지는 삶. 오빠네도 그렇다.

 엄마 아빠가 가끔 입버릇처럼 말하던 "물려받은 거 하나 없이 산다"라는 말을 들을 때, 문득 오빠네도 그럴 거란 생각이 들었다. 그래서 더 마음이 가는지도 모른다. 밝게 웃지만 어딘가 슬퍼 보이는 눈, 부모님을 기쁘게 해 드리고 싶어 묵묵히 공부하는 모습. 그런 오빠를 볼 때마다 괜히 안쓰럽고, 나도 열심히 살아야겠다는 생각이 들었다.

　오빠가 동생들이랑 나눠 먹으라고 준 초콜릿을 보며 다시 마음이 울렁거린다. 내 마음인데 내가 제일 모르겠다. 오빠 말대로 하나는 유선이에게, 하나는 윤후에게, 하나는 내 방 책상에 올려놓는다. 그리고 오늘도 일기 몇 줄을 남긴다. 지영이랑 싸우고 심란해서 쓸 생각도 못했던 일기를 오랜만에 다시 펼쳤다. 마지막에 쓴 내용도 재민 오빠 이야기다. 혼란스러운 마음도 글을 쓰다 보면 조금은 잠잠해질 것 같다.

***

　지영이랑 나는 한참을 고민하다 소정이를 교회에 데려가기로 했다. 소정이는 처음엔 싫다고 했지만 우리가 진지하게 이야기하니 흔들리는 눈치다. 소정이 안에 있는 그늘이 외부의 힘을 빌려 좀 옅어질지도 모를 일이다.

　교회에 도착하니 소정이에게서 익숙하지 않은 공간에 대한 경계심이 보였다. 예배를 드리는 내내 주변을 두리번거리고, 노랫소리에 어깨를 움찔거렸다. 교회가 누군가에게는 이렇게 낯설고 어려운 곳이라는 걸 처음 알았다. 소정이를 통해 자꾸만 새 눈으로 세상을 바라보게 된다.

"딱 세 번만 가 보고 아니다 싶으면 안 데려갈게."

지영이와 나는 그렇게 약속을 하고 소정이를 학생회 예배에 데려간 거였다. 나는 모태 신앙으로 태어나자마자 교회를 다녔고, 지영이는 중학생이 되어서 세례를 받았다. 소정이는 종교가 없다고 했다. 그리고 조용히 말했다.

"나는 신 같은 거 안 믿어. 아무리 기도해도 안 되니까 그냥 없다고 생각해."

나는 아무 말도 하지 못했다. 그 말이 너무 아파서 더 크게 들렸다.

예배가 끝나고 자리에서 일어나며 앞자리에 앉은 재민 오빠를 슬쩍 본다. 오빠는 여느 때처럼 예배당 정리를 하고 있었다. 오빠를 보는 다른 시선들이 느껴졌다. 바라지 않아도 조용한 주목을 받는 사람. 지영이는 그 틈을 놓치지 않았다.

"유나야, 너 오빠한테 고백 안 할 거야?"

"무슨 소리야, 갑자기."

"오빠는 아직 눈치 못 챘나 본데, 내 눈엔 다 보이거든…"

나는 달아오른 얼굴을 숨기려 자리를 피했다.

예배가 끝난 뒤 소정이가 갑자기 재민 오빠에게 다가가더니, 둘이 잠깐 대화를 나눴다. 우리 옆에 선 소정이에게 물어보니 아무 일도 아니라는 듯 말했다.

"그냥 인사했어."

"너 혹시 오빠랑 아는 사이야?"

소정이는 대답하지 않았다. 나는 묘하게 불안해졌다. 지영이는 눈을 반쯤 감고 내 눈치를 살핀다.

"야, 우리 유나 표정을 봐라."

소정이는 눈을 동그랗게 뜨고, 나는 그냥 웃어버렸다. 집으로 돌아오는 길, 내내 핸드폰을 손에 쥐고 '있잖아, 소정아…'로 시작되는 메시지를 썼다 지웠다 반복했다. 조금 안다는 소정이의 말과는 달리 오빠가 조금 놀란 것 같기도 하고, 진지해 보이던 두 얼굴이 마음에 걸렸기 때문이다.

재민 오빠에게 고백할 용기까지는 없지만, 소정이한테는 대답을 꼭 듣고 싶었다. 이대로는 잠이 올 것 같지 않았다. 그래도 소정이한테 당장 이럴 것까지는 없잖아, 싶어서 얼른 화면을 껐다.

저녁에 윤후가 게임을 하겠다고 핸드폰을 잠깐 가져갔다가 돌려주었을 때 보니 이미 소정이한테 메시지가 전송되어 있었다. 제대로 정리하지도 않은 질문들을…

'있잖아, 소정아… 나 너한테 진짜 물어보고 싶은 게 있는데 회피하지 말고 대답해 줄 수 있어? 재민 오빠랑 어떻게 아는 사이인지?'

"윤후야! 뭐 했어 너?"

윤후한테 화를 내 봤자 이미 늦었다. 지우기에도 늦은 시간이었다. 결국 소정이가 읽지 않은 메시지 창을 계속 들여다보며 잠을 이루지 못했다.

다음 날, 소정이는 또 학교에 오지 않았다. 걱정이 밀려왔다. 혹시 내가 보낸 메시지 때문일까. 괜히 불편하게 한 건 아닐까. 그런 생각에 하루 종일 마음이 가라앉았다.

"유나야, 요즘 소정이 결석이 좀 많지 않아?"

"글쎄... 원래 가끔 빠지긴 했잖아."

"메시지 보냈다며. 답 왔어?"

"아니, 아직."

소정이는 여전히 내 메시지를 읽지 않았다. 대수롭지 않게 넘기려 해도 자꾸 신경이 쓰였다. 나 때문은 아닐까, 문득 겁이 났다.

점심시간, 아이들 사이에서 또다시 소정이 얘기가 나온다.

"소정이 여행 간 거래."

"또 별 보러 어디 간 거 아냐?"

"부럽다. 집에 돈이 많아서 그런가."

지영이는 내 옆에서 조용히 국을 떠먹는다. 평소 같으면 한마디쯤 보탰을 지영이인데, 말없이 내 손을 툭 건드린다.

"괜찮아."

그 한마디에 나는 겨우 밥을 삼켰다.

"근데 왜 해인이네는 요즘 조용해? 지영아, 뭐 아는 거 있어?"

"에휴, 걔네 지금 난리야. 지금 수영이 따라다니느라 바빠. 자기 이상형이래."

"에… 수영이 불쌍해."

식판을 치우며 지영이와 큭큭댔다. 예전엔 둘이어도 충분했는데, 오늘은 너무 허전하다. 평소에 소정이가 말을 많이 한 것도 아닌데… 급식실이 왜 이렇게 조용하게 느껴질까. 다시 생각에 잠겨 있는데

"유나야, 소정이한테 문자 다시 보냈어?"

"아니. 어제 보낸 것도 안 읽어."

"혹시 오빠랑 뭔 일 있었던 거 아냐?"

"글쎄… 둘이 예배 끝나고 인사만 한 것 같은데. 이상하게 그날 이후로 뭔가 어색해졌어."

"너 오빠 좋아하는 거 소정이가 눈치챈 거 아냐?"

나는 대답하지 못한다. 지영이는 웃으면서도 내 눈을 똑바로 보고 말한다.

"그럼 뭐 어때, 고백하지 그래."

***

"학교 다녀왔습니다."

"유나 왔어? 밥 아직 안 먹었지?"

"나 지영이랑 대충 먹고 왔어, 유선이랑 윤후는…"

"유선이는 학원 끝나고 올 때가 됐고, 윤후는 오늘 열이 나서 학교에서 조퇴했어. 병원 다녀와서 지금은 자고 있어. 요즘 감기 유행이라더라."

나는 고개를 끄덕이며 가방을 내려놓는다. 엄마가 만든 카레 향이 집 안을 가득 채우고 있다. 부엌에서 접시를 꺼내며 엄마가 웃는다.

"오늘 카레 했는데 먹어 봐. 윤후가 매운 거 먹고 싶다고 해서 좀 진하게 했어."

간단히 저녁을 먹고 방에 들어가려던 찰나, 유선이가 헐레벌떡 들어온다. 가방도 벗지 않고 숨을 몰아쉬며 말한다.

"언니, 언니! 미쳤어."

"뭐가?"

"혹시 재민 오빠랑 하은 언니 사귀어?"

"누구? 하은 언니?"

"목사님 첫째 딸 몰라? 예은 언니네 언니잖아. 나 오늘 친구랑 카페에서 봤다니까. 둘이 완전 다정하게 앉아 있었어."

나는 말없이 시선을 피한다. 유선이는 그런 내 표정을 놓치지 않는다.

"진짜 사귀는 거 아냐? 언니, 아무렇지도 않아?"

"관심 없어. 나 쉴 거야."

"웃기네. 지금 자존심이 중요해?"

"…"

"내가 전부터 말했잖아. 고백이라도 해보라고. 말 안 하면 모른다니까. 보는 내가 다 답답해."

 유선이가 방에 들어가고 나서야 나는 방에 들어와 의자에 앉는다. 마음이 복잡하다. 고백하고 싶다는 마음과 고백하면 다 끝날 것 같다는 마음 사이에서, 몇 년을 계속 맴돌고 있었다. 예은이네 언니라면 오빠랑 잘 어울릴 수도 있다. 예쁘고 똑부러지고, 모두가 좋아할 만한 그런 사람이니까. 그러면 소정이는 뭐지? 학교에서도 둘이 접점이 없는데.

 내가 고백하지 않으면, 지금처럼 가끔 만나서 안부도 묻고 웃으며 인사할 수 있는 사이로 남을 수 있다. 하지만 고백했다가 어색해지면? 더는 말도 못 걸게 되면? 그 생각만 하면 마음이 움츠러든다. 그래서 오늘도 말하지 못한 마음을 꾹꾹 눌러 담는다. 괜찮다고, 지금처럼만 있어도 괜찮다고 되뇌면서.

내가 오빠를 알게 된 건 초등학교 3학년 때였다. 그 시절 엄마는 동네 아주머니들과 자주 카페에 모여 이런저런 이야기를 하셨다. 그때 오빠를 처음 봤다. 재민 오빠는 나보다 두 살 많았고, 어른들 사이에서 잔심부름을 똑 부러지게 해내는 아이였다.

"재민아, 물 좀 가져다줄래?" "재민아, 지금 몇 시야?" "재민아, 윤후는 어디 갔니?"

그때마다 "네" 하고 대답하며 척척 움직이던 오빠의 모습이 다른 애들과 정말 달라 보였다. 편의점에 엄마 심부름 갈 때마다 오빠네 어머니는 나에게 간식거리를 하나씩 쥐어주며 말했다.

"유나 또 왔구나? 아줌마가 딸이 없어서 유나만 보면 그렇게 예뻐 죽겠어. 우리 유나, 이모 며느리 하면 좋겠다."

장난처럼 말하시던 그 말에 괜히 가슴이 쿵쾅댔다. 오빠와 길에서 마주치기라도 하면 얼굴이 붉어졌다.

"유나야, 얼굴 왜 이렇게 빨개졌어? 무슨 일 있어?"

친구들이 내 옆구리를 찌르며 말했다.

"야, 너 진짜 티 난다."

나는 부끄러워 고개를 푹 숙였다.

작년 여름방학엔 동네 도서관에서 책을 읽고 있는데, 오빠가 다가와 물었다.

"유나야, 너 이 작가 좋아해? 나도 이번에 진짜 재밌게 읽었거든."

나는 고개를 끄덕였다.

"혹시 <예언자>도 읽어봤어? 난 그 책도 좋았는데. 빌려줄까?"

집에 있는 책이었지만, 나는 좋다고 대답했다. 오빠가 빌려준 책이 오빠가 준 마음 같아서, 책만 봐도 기분이 좋았다. 책상 위에 올려둔 책을 엄마가 보고는 물었다.

"똑같은 책 또 샀니?"

"아, 이건... 특별한 책이야."

엄마는 이상하다는 듯 나가고, 나는 책 표지를 살짝 매만졌다.

오빠는 그 책을 이야기할 때 눈빛이 달라졌다. 그걸 보는 게 좋았다. 그래서 더 열심히 읽었고, 교회에서 오빠를 따라 성경도 읽기 시작했다. 오빠가 잠언 얘기를 할 때마다 나는 괜히 머릿속에서 구절을 떠올려 보곤 했다.

"칼릴 지브란이 기독교 배경이라 그런지 잠언처럼 편안하게 읽히지 않아? 너는 어떤 문장이 좋았어?"

나는 오빠의 질문에 매번 티 안나게 숨을 고르고 말했다.

"정확히는 기억이 안 나는데… '그대들이 사랑에 빠지면 신이 내 마음 속에 계신다 하지 말고, 내가 신의 마음 속에 있다고 말하십시오.' 그 문장 좋던데요."

"오~ 기억이 안 나는 게 아닌데?"

오빠가 웃으며 내 어깨를 가볍게 톡 쳤다. 그 순간, 세상이 조용해진 것 같았다. 교회에서 오빠를 우연히 마주치기라도 하면 자꾸만 이런저런 질문을 꺼내게 된다. 원래 이런 성격이 아닌데.

"오빤 고등학교 어디 갈 거예요?"

"나? 새봄고등학교 지원해 보려고."

새봄고등학교. 공부 좀 한다는 친구들이 가는 학교다. 엄마는 가끔 말하셨다. 재민 오빠가 공부를 꽤 잘한다고. 아주머니가 고생하시는 보람이 있겠다고.

"유나는 아직 중1이라 좀 멀었지?"

그때부터 내 꿈도 새봄고등학교에 가는 거였다.

***

소정이가 다시 학교에 나온 건 일주일만의 일이었다.

"너 요즘 학교 왜 안 나왔어?"

"무슨 일 있었던 거야? 아팠어?"

지영이랑 내가 한꺼번에 질문을 쏟아내자 소정이는 웃으며 말했다.

"잠깐만, 정신이 하나도 없다."

지영이가 농담처럼 덧붙였다.

"우리 반 미친년이 안 나오니까 너무 허전하잖아."

이제는 모두 안다. 그런 말이 더 이상 따돌림이 아니라는 걸. 말장난처럼 섞이는 농담일 뿐이라는걸. 나는 당장 재민 오빠 이야기보다 그 애의 창백한 얼굴이 더 걱정되어 조심스럽게 물었다.

"소정아, 괜찮은 거 맞아? 얼굴에 핏기가 하나도 없어."

"응, 나 괜찮아."

지영이는 일단 소정이가 온 게 신난 눈치다. 곧 소정이 생일 라면서 덧붙인다.

"우리 셋이 놀러 가자. 소정아, 어디 가고 싶은 데 있어?"

"나... 별 보러 천문대 가고 싶어."

"유나야, 너 천문대 가봤어?"

"아니."

"거기 가면 그냥 별만 보는 거야? 재밌나…?"

지영이한테는 좀 심심할 수 있겠다고 생각했다. 그냥 소정이랑 둘이 가야 하나, 고민하는데

"소정이 표정 풀 죽은 거 봐라. 그래도 너희가 가자면 가는 거지. 별밖에 모르는 박소정이 그렇게 가고 싶다는데."

지영이는 역시 지영이다. 우리는 소정이 생일 주간에 맞춰 셋이서 천문대에 가기로 했다. 인스타로 사진도 많이 찾아보고 티켓도 미리 예매해두기로 했다. 셋이서 처음으로 떠나는 여행, 그땐 진심으로 설레고 있었다. 소정이한테 궁금한 것도 앞으로 물어볼 시간이 많으니까, 언젠가 천천히 이야기해야겠다고 생각했다.

저녁에는 아빠가 오랜만에 장을 잔뜩 봐 왔다. "오늘은 아빠가 해 볼까?" 하더니, 팔보채를 만든다고 후라이팬을 웍처럼 현란하게 쓴다. 오늘 엄마는 새벽부터 동대문에 다녀오느라 지쳤는지 안방 문이 굳게 닫혀 있다. 아빠의 대표 메뉴, 팔보채는 비주얼도 맛도 최고다. 윤후는 입에 소스를 묻히며 정신없이 먹었고, 유선이는 젓가락으로 새우만 골라 먹었다. 나는 새우와 해삼을 양쪽으로 열심히 밀어주며 부모님 얼굴을 슬쩍 훔쳐봤다. 더 바랄 게 없다는 표정, 그 얼굴을 보면 가슴이 뜨끈해진다.

***

"아줌마, 애쉬그레이로 염색해 주세요."

"음… 학생 같은데 학교에서 된다고 한 거 맞아? 좀 더 자연스러운 색 어때? 다 내 딸 같아서 하는 말이야. 방학도 아니고…"

"엥, 아줌마가 우리 엄마예요? 우리 엄마도 가만히 있는데 왜 잔소리를 해요. 돈 벌기 싫으세요?"

지영이 이모네 미용실은 항상 손님도 많고 바쁘다. 그 와중에 수영이와 지영이가 들어서자 평소와는 달리 미용실 분위기가 묘하게 바뀌었다고 한다. 뒤이어 해인이와 예서가 차례로 들어왔다.

"여기 너네 미용실이야?"

"어."

"아~ 지영이 친구들이야?"

"친하진 않고, 그냥 같은 반 애들."

해인이와 예서가 수연이 옆에 엉거주춤 서서는 머리를 하고 있는 수연이를 툭툭 건드렸다고 한다. 그걸 지켜보던 수연이는 넋이 나갔고.

"지영이 동생?"

"뭐래, 쌍둥이 오빠거든."

해인이는 아무 말 없이 소파에 가서 앉았고, 수연이까지 셋이서 조용히 속닥거렸다. 분위기가 썩 좋지 않았다고 지영이는 덧붙였다. 공기가 어색했는지 수영이는 먼저 일어났고, 지영이는 이게 무슨 일인가 싶어 자리에 남았다고. 자기도 앞머리를 자르러 간 건데 그것도 까먹었다고 했다.

"야, 너네 아까부터 왜 이렇게 조용해. 학교에선 안 그러잖아."

지영이의 말에 분위기가 잠깐 가라앉았다.

"너네 오빠는 어느 학교 다녀?"

예서가 물었다.

"왜? 관심 있어? 걘 너 같은 애 안 좋아해."

"아니, 그냥 궁금해서."

"아줌마, 아깐 죄송했어요."

수연이가 삐쭉거리며 말했다.

"왜, 엄마 무슨 일이야? 너 우리 엄마한테 뭐라고 했냐?"

"…"

"아니야. 엄마가 뭐라고 했지, 너 같아서…"

그 애들이 나간 후에 미용실 언니가 지영이한테 무슨 일이 있었는지 자세히 말해주었다고 했다. 지영이는 어이없어했지만, 그날 이후 상황이 묘하게 바뀌었다. 항상 탈색모에 가까웠던 해인이가 머리를 어두운 색으로 덮고 왔고, 이제 소정이한테는 관심도 없어 보였다. 오히려 초코우유를 내밀며 지영이에게 다가왔다.

"지영아, 너 이거 좋아하지?"

"뭐냐, 갑자기 왜 친한 척?"

떨떠름한 지영이에게 한껏 웃어 보이고, 다음 쉬는 시간엔 나에게로 오더니

"유나야, 너 지영이랑 친하지? 수영이랑도?"

"응, 친하긴 한데 왜?"

"혹시 수영이 번호 좀... 줄 수 있어?"

"음… 그건 지영이한테 받아야 할 것 같은데."

해인이의 입꼬리가 슬쩍 올라갔다. 그리고는 다시 지영이를 향해 걸어갔다. 그날 이후 해인, 예서, 수연은 우리 셋 주위를 맴돌며 친절하게 굴기 시작했다. 반 애들도 의아해할 정도였다.

학교 끝나고 같이 카페에서 수학 숙제를 하는데, 잠시 쉬겠다며 핸드폰을 하던 지영이가 갑자기 웃기 시작했다.

"요새 해인이네 애들이 우리한테 왜 이렇게 잘해 주는지 알아?"

"왜?"

"해인이가 우리 수영이한테 반했다잖아. 근데 수영이는 걔네 무섭대."

지영이는 웃음을 참지 못했다. 소정이랑 나도 따라 웃었다. 생각해 보면 해인이가 요즘 유난히 조용하기도 하고, 지영이 근처를 맴도는 일이 많았다. 수영이 번호를 물어볼 때부터 이상하긴 했다. 역시 좋아하는 거였구나. 걔가 남자로 보이다니…

"우리 수영이는 그런 스타일 싫어하잖아. 여리여리한 애 좋아하는 거 알지?"

"그러니까, 오히려 소정이 같은 애 좋아할걸. 소정아, 너 수영이 어때?"

"아… 난 혼자 살려고."

"그래? 아무튼 소정이가 은근 확실하다니까."

담임 선생님조차 요즘 우리 반이 달라졌다는 걸 느끼시는 듯하다. 분위기가 참 좋아졌다고 말하시고는 해인이네 쪽을 살짝 살펴 보셨다. 지영이는 가끔 농담처럼 말한다. "내가 걔네 가스라이팅하는 중이거든."

수영이는 공부 잘하는 애를 좋아한다는 지영이의 말에 해인이가 과외를 시작했다. 지영이는 그 애들을 가지고 노는 게 즐

거운 것처럼 보였다. 수연이와 예서는 여전히 해인이를 그림자처럼 따라다니지만, 지영이를 중심으로 권력 구도가 바뀌고 있다.

심지어 교회에도 나오기 시작했다. 목적은 뻔했다. 지영이 말로는 수영이가 꽤 부담스러워한다는데, 나는 그 기분을 알 것 같았다. 나도 소정이한테서 선물 받았을 때 비슷한 감정을 느꼈으니까. 조금 다른 상황이긴 하지만 뜻밖의 선물은 마음을 흔들어 놓는다. 소정이가 그걸 의도했을지는 모르겠다.

지난주도 우리반 애들이 가득한 교회에서 예은이와 마주쳤다.

"유나야, 소정이랑은 요즘 어때?"

"별일 없는데, 왜?"

"그렇구나. 넌 걔가 변할까 봐 걱정 안 돼?"

예은이의 말에 나는 잠시 멈춰섰다.

"잊고 있었던 건 아니지만, 직접 겪은 게 아니니까 일단은..."

"너도 진짜 대단하다."

"별거 아냐. 그냥... 친구니까."

"너는 나랑은 좀 달랐으면 좋겠다."

"그럴 일인지는 모르겠지만... 고마워."

지영이가 옆에서 끼어들며 말했다.

"너네 나 빼고 무슨 얘기하냐?"

"지영아, 왜 수영이 오늘 안 왔어?"

"요즘 해인이한테 시달리느라 현타 왔나봐. 아침부터 스터디 카페로 도망갔대."

"그 정도야?"

"진짜 연예인처럼 따라다닌다니까. 숨 막히지."

우리가 모두 웃는 와중에도 지영이는 아랑곳 않고 말했다.

"그래도 걔 잘생겼잖아. 뭐, 나도 크게 다르진 않고."

"그래, 오죽하면 해인이가..."

소정이가 옆에서 웃기 시작했다. 셋이서 깔깔거리는 그 순간이 참 좋았다.

***

선생님이 교실에 들어오시더니, 이번주에 자리를 바꿔야겠다고 하셨다. 벌써 한 학기의 절반이 지나가고 있었다. 소정이와도 이제 떨어지겠구나… 정말 다이나믹한 봄이었다.

남들과 달라 보였던 소정이는 어느새 조금씩 궤도 안으로 들어오고 있고, 처음엔 선입견 가득했던 애들도 천천히 소정이의 세계에 발을 들이고 있었다. 나도 그 중 하나였다.

예은이는 소정이에게 먼저 다가가 별에 대해 물었다고 했다. 예은이는 나를 용기 있는 사람이라고 생각하지만, 내가 보기엔 먼저 손을 내밀 수 있었던 예은이가 훨씬 용감했다. 소정이는 그때도 소정이였으니까.

사실 나에게 먼저 다가와 준 사람은 소정이다.

"너, 이게 뭔지 알아?"

말도 없이 불쑥 손을 내밀며 질문을 던졌던 아이. 엉뚱하고 예상할 수 없었지만, 그래서 자꾸 신경 쓰였던 아이. 이제는 그 아이가 없으면 허전할 것 같은 느낌이 든다. 그리고 지영이와 소정이가 가까워진 것 역시 내겐 기쁘고 고마운 일이었다. 내가 좋아하는 두 사람이 자연스럽게 한자리에 있는 것, 그게 얼마나 편하고 따뜻한지 이제야 실감이 난다.

며칠 전 수행평가를 봤는데 수학 점수도 올랐고, 전체적으로 평균이 많이 높아졌다. 잔뜩 겁먹고 시작했던 중학교 2학년 생활, 어느새 그럭저럭 적응해 가고 있는 나를 본다. 책을 챙기며 미술 수업을 갈 준비를 하는데 누가 뛰어오는 소리가 들린다.

"유나야! 너 교무실로 오래!"

반장의 말에 손에 들고 있던 책을 내려놓고 급히 교무실로 뛰어갔다. 살짝 굳은 선생님 얼굴을 보고 마음이 서늘해졌다.

"유나야, 놀라지 말고 들어. 방금 어머님께 전화가 왔는데, 아버지가 다치셔서 병원에 가셨대. 어머님이 바로 가셨고, 지금 병원에 계셔."

숨이 턱 막혔다. 어디가 얼마나 아픈지, 어쩌다 다쳤는지 묻지도 못했다. 일단 교무실을 나와 급히 가방을 챙겼다. 지영이와 소정이가 옆에 붙어서 무슨 일이냐고 묻지만, 아무 대답도 못 한 채 연락하겠다는 말만 남기고 교실을 나섰다.

거의 울 것 같은 심정으로 집에 도착하니 지영이 이모가 와 계셨다.

"이모, 어떻게 된 거예요?"

"아버지가 요리하시다가 화상을 좀 입으셨대. 엄마가 먼저 가셨고, 전화 주신다고 하더라. 유선이랑 윤후는 이모가 며칠

돌보기로 했어."

"우리 아빠... 많이 다치신 거 아니죠?"

헐떡이는 나를 보고는 이모가 끌어안는다.

"걱정하지 마, 유나야. 별일 아닐 거야. 일단 엄마랑 서울에 있는 큰 병원으로 가셨대."

그 말에 갑자기 눈물이 왈칵 쏟아진다. 아이처럼 꺽꺽 거리고 우는 내 등을 이모가 쓸어주신다. 얼마나 아팠을까… 얼마나 뜨거웠을까… 급하게 병원으로 뛰어갔을 엄마를 생각하니 손끝이 아려온다.

지영이는 학교가 끝나자마자 달려와 주었다. 학원도 빠지고 온 지영이를 보니 한결 짐이 덜어지는 기분이다. 달리 할 수 있는 것도 없고 이미 집안 공기는 어색하기만 하다. 가만히 앉아 있다가 방을 정리했다. 몸을 움직이지 않으면 잡생각이 너무 많이 들어서였다. 동생들도 알아서 자기 할일을 찾았지만, 누구도 집중하고 있지는 못했다. 저녁이 가까워질 무렵, 엄마에게 전화가 왔다.

"유나야..."

엄마 목소리를 듣고는 바로 울음이 또 터졌다. 옆에 있던 유선이랑 윤후도 덩달아 울었다.

"아빠는 괜찮아?"

"응. 방금 수술 마쳤고 지금은 주무셔. 엄마는 병원에 있어야 할 것 같아. 유나가 유선이랑 윤후 좀 잘 챙겨줘. 가게는 며칠 닫아야겠네. 일단 급한 대로 종이에 써서 붙이고 인스타에 공지 좀 해 줄래?"

"나도 아빠 병원 가면 안 돼?"

"지금은 좀 무리고... 나중에 엄마가 부를게."

"알겠어, 집은 괜찮아. 이모도 있고 나도 있으니까 걱정하지 마."

통화를 끝낸 뒤 동생들에게 간단하게 말을 전하고, 남은 밥에 지영이 이모가 가져다주신 반찬으로 저녁을 차렸다. 나는 설거지를 하고, 유선이는 방 정리를 하고 윤후의 과제를 봐줬다. 우리가 지금 할 수 있는 건 그것뿐이었다.

***

엄마 아빠 없이도 주말이 왔다. 새삼스럽게도. 아직 엄마에게 와도 된다는 연락은 없었지만, 지영이 이모가 아빠 병문안을 가자고 하셨다. 갈수록 시들어 가는 나를 알아보셨기 때문일지도 모른다. 이모 차를 타고 서울 병원으로 향했다. 병실 앞 복도에서 잠깐 기다리다가, 의사 선생님과 이야기하던 엄마가 나와서 우리를 반겼다.

병실 안에는 아빠가 팔 전체에 붕대를 감고 누워 있었다. 얼굴빛은 생각보다 좋아 보여서 그나마 안심이 되었다. 엄마를 보자마자 동생들은 기다렸다는듯 와락 안겼다.

"자긴 뭐라도 먹고 간호해. 얼굴이 반쪽이야. 유나 아빠는 괜찮으세요?"

"아이구, 퇴원하면 또 뵐 텐데 장사하시느라 바쁘신데도 와 주셔서 감사합니다."

"아빠, 많이 아파?"

"괜찮아. 천천히 치료 받으면 나을 거래. 걱정하지 마."

엄마랑 이모의 대화를 엿들으니, 기름에 3도 화상을 입은 거라고 했다. 응급처치와 이식 수술은 잘 됐지만 3도면 상태가 심각한 상황이라서 재활과 회복에 시간이 걸릴 거다고 했다. 언제쯤 우리집이 다시 이전으로 돌아갈 수 있을까.

윤후가 화장실에 가고 싶다고 해서 데리고 복도에 나왔다. 그때 윤후가 누군가를 가리켰다.

"누나, 아까 그 의사 선생님. 우리 아빠 봐 주는 선생님이래."

나는 조심스레 의사 선생님에게 다가갔다. 그 분을 보니 너무너무 감사해서 나도 모르게 불쑥 말을 걸었다.

"안녕하세요. 최동호 환자… 딸 유나예요. 감사합니다."

영문도 모른 채 감사 인사를 받은 선생님은 미소 지으며 우리를 바라보셨다.

"아, 최동호 환자분 딸이구나. 몇 살이니?"

"15살이요. 얘는 9살이에요."

멀뚱히 서 있는 윤후를 붙잡고 인사를 꾸벅 시켰다.

"그렇구나. 우리 딸도 15살인데."

의사 선생님 인상이 참 선해 보이셨다. 그런데 선생님 얼굴이 이상하게 낯이 익었다. 어디서 봤더라? 혹시 몰라 명찰을 보니 '박민국 전문의'라고 쓰여 있었다.

세 번째

　5월에 입원한 아빠는 6월에도 7월에도 매일같이 병원을 오가야 했다. 수술은 잘 되었지만 화상은 회복되는 데 정말 고통스러운 질병이라서 오랜 시간이 필요했다. 당연히 일을 할 수도 없었다. 그래서 우리를 볼 때마다 걱정을 놓지 못했다. 엄마의 옷 가게도, 엄마가 병원에 함께 다녀야 하니 자연스럽게 문을 닫은 채였다. 두 분은 이제 사고보다 당장의 생활비가 걱정인 듯했다. 평생을 매일 일해 온 엄마 아빠에게 진짜 사고는 그런 것일지도 몰랐다.
　엄마에게 말은 안 했지만 우리끼리만 있는 집은 솔직히 불안했다. 엄마가 틈날 때마다 반찬을 해놓았지만 엄마도 지쳐 보였다. 배달을 시켜 먹는 날들이 더 많아졌다. 아빠가 다치기 전까지 나는 내가 다 컸다고 생각했는데, 요즘은 아직도 애라는 걸 실감한다. 그래도 엄마 앞에서는 늘 괜찮다고, 떵떵거리며 어른인 척했다. 불안한 얼굴을 숨기려고 애쓰면서.

"어쩜 애들이 저리 착하고 예쁘냐."

엄마네 가게 주변 어르신들이 그렇게 말씀하실 때마다 엄마는 얼굴이 붉어지셨다. 아이는 아이답게 자라야 하는데, 첫째는 너무 일찍 어른이 되는 것 같다며 미안해하셨다. 그 말을 들을 때면 뿌듯함과 함께 책임감이 밀려왔다. 지금까지는 그런 말이 칭찬인 줄만 알았는데, 요즘은 마음 한편이 조용히 무거워졌다.

중간고사가 엊그제 같은데, 어느덧 기말고사가 다가왔다. 나는 시험을 잘 봐서라도 보탬이 되고 싶었다. 짐을 하나라도 덜어줄 수 있다면. 혼자라도 잘할 수 있다는 걸 증명해 보이고 싶었다. 두 분은 거의 매일 서울 아산병원으로 통원 치료를 받으러 가셨다. 아빠는 혼자 다녀오겠다고 했지만, 오른손을 다쳐 불편하실까 봐 엄마가 늘 따라나섰다.

그날도 나는 도어락을 여는 소리만으로 엄마가 얼마나 피곤

한지 눈치챌 수 있었다. 저녁 전까지 방을 정리하고, 냉장고에 있던 반찬으로 밥을 차리고, 유선이랑 윤후와 밥을 먹고 설거지까지 마쳤다. 조금이라도 엄마가 쉴 수 있게, 나라도 정신 차려야 한다는 마음 하나로.

그런데 현관문을 열자마자 엄마 목소리가 높아졌다.

"집이 이게 뭐니?"

"엄마, 누나가 청소했어. 아까." 윤후가 말했다.

"한 게 이래? 이럴 거면 하지 마. 엄마가 와서 또 청소해야겠네."

사실 유선이의 과제를 도와주고 있었다. 이것저것 오리고, 붙이고, 색칠하다 보니 거실이 조금 어질러졌던 것뿐이었다. 엄마의 한숨 어린 말에 나는 마음이 확 달아올라 참았던 말들이 쏟아져나왔다.

"엄마, 엄마만 힘든 거 아니잖아. 나 학교 끝나자마자… 내 숙제도 아직 못 했단 말이야. 유선이 과제 도와주느라 그랬다고!"

"……"

"엄마, 언니가 엄마 아빠 오면 먹으라고 계란 후라이도 해 놨어."

유선이가 한 마디 거들었는데도 들리지 않았다. 목소리가 떨렸고, 눈물이 나도 멈출 수 없었다. 몸이 바들바들 떨리는 게 느껴졌다. 더는 참을 수 없어서 방으로 들어가버렸다. 처음으로 부모님 앞에서 큰 소리를 냈다. 불도 켜지 않고 침대에 누워서 숨을 고르는데, 유선이한테서 메시지가 왔다.

"언니 미안해. 나 때문에 혼나서…"

나는 답을 하지 않았지만 유선이는 엄마가 계란후라이를 락앤락 통에 담아 놓았다는 이야기를 덧붙였다.

아빠는 문 밖에 서서 말했다.

"유나야, 아빠가 너 좋아하는 복숭아 사 왔어."

나가기 싫었다. 원래라면 아빠한테 복숭아를 받아서 벌써 씻고 있었을 텐데. 그냥 아무것도 하고 싶지 않았다. 늘 친구처럼 친하다고 생각했던 엄마였는데, 그날따라 엄마가 낯설었다. 이토록 혼자라고 느껴진 적이 있었나. 밖에서 이런저런 소리가 들렸지만, 나는 조용히 이불 속으로 들어갔다. 눈물이 마른 눈가가 뻑뻑했다.

그날 밤, 일기장에 『나도 내가 왜 소리를 질렀는지 모르겠다. 그냥 혼란스럽다… 엄마한테 난 어떤 존재일까.』라고 썼다. 원래라면 다른 책들 사이에 잘 숨겼을 텐데, 피곤해서 그냥 책상 위에 올려두고 잠들었다.

다음 날 아침엔 이상한 꿈을 꾸고 허둥지둥 학교에 갔다. 엄마 얼굴을 보기 껄끄러워서 최대한 피해 다녔다. 엄마는 미안하다고 하셨지만, 나는 그저 퉁명스러운 목소리로 알겠다고 대답했다.

집에 돌아와 어김없이 일기장을 펴는데 무언가 달라졌다. 어제 쓴 일기 마지막에 내 글씨가 아닌 다른 글씨가 있었다. 설마 엄마가 이걸 펼쳐 본 건가, 어디서부터 어디까지 본 거지… 화가 치밀어 오르려는데 꾹꾹 눌러 쓴 엄마의 손 글씨를 들여다보니 다시 눈물이 맺혔다.

『전부』

눈물을 닦고 일단 밖으로 나갔다.

"엄마, 나 복숭아 먹을래."

"응?"

"어제 아빠가 사 온 거. 이제 없어?"

"아니, 유나 거 남겨놨지."

나는 엄마가 씻어준 복숭아를 엄마 입에 먼저 넣어 주었다.

"너나 먹어. 엄만 어제 많이 먹었어."

"많이 먹기는... 맨날 먹지도 않고."

오늘따라 복숭아가 단단히 여문 게 아삭하고 씹을 때마다 단물이 새어 나왔다.

＊＊＊

"소정아, 너 수학 공부 어떻게 해? 수학은 혼자 하기가 너무 어렵네… 너 시간 되면 같이 공부하자."

처음으로 내가 먼저 소정이한테 제안한 거였다. 지영이도 옆에서 곧바로 말했다.

"나두! 나두!"

소정이는 잠시 망설이다가 웃으며 말했다.

"그럼 학교 끝나고 우리집 가서 공부할까?"

가는 길에 떡볶이도 사 가자는 우리 앞에서 소정이는 난감한 표정을 지었다.

"너무 기대는 하지 마. 나 이런 거 한 적 없어. 누굴 가르쳐 본 건 처음이라…"

"괜찮아. 그냥 모르는 것만 알려줘. 혼자 하는 것보단 낫겠지!"

당장 일주일 남은 시험을 위해 학교 끝나고 매일 소정이 집에 모였다. 공부한다고 모여서 가끔씩 딴 길로 새긴 했지만. 처음엔 어색해하던 소정이도 조금씩 알려주는 게 익숙해지는 모양이었다. 다만 소정이네 집은 언제 가도 이상할 만큼 조용했다. 이토록 잘 꾸며진 집에서 사람 사는 온기 같은 게 느껴지지 않았다.

공부를 마치고 돌아설 때마다, 커다란 집에 혼자 남는 소정이를 생각하면 괜히 안쓰러웠다. 차가운 대리석 복도를 걷는 그 아이의 발소리가 마음에 남았다.

하루는 집에 오는 길에 지영이가 물었다.

"유나야, 소정이 부모님에 대해 뭐 들은 거 있어?"

"아니… 왜?"

"그동안 한 번도 본 적 없잖아. 소정이도 부모님 얘기 거의 안 하고."

"난 한 번 본 적 있어. 엄마 같았는데… 소정이가 너무 차갑던데."

"그치? 뭔가 사연이 있어 보이긴 했어. 속 얘기도 거의 안 하잖아."

"그러니까. 혼자 두고 나오면 자꾸 마음에 걸려."

"난 집에서 하루라도 혼자 있어 봤으면 좋겠다… 했는데. 소정이도 은근 좋아하고 있는 거 아닐까?"

이런저런 상상을 하며 걷던 중, 내가 말했다.

"아, 맞다. 우리 아빠 이제 병원 매일은 안 가도 된대. 그래도 상처가 좀 아물고 있나 봐."

"진짜? 다행이다."

"이제 나만 시험 잘 보면 될 듯?"

"우리한테는 이제 소정이가 있으니까…"

지영이가 야심차게 말했다. 그날따라 노을이 유난히 예뻤다. 일렁이는 마음을 아는지 모르는지 주황빛이 골목골목을 감쌌다. 그 애가 보는 하늘도 따뜻할까. 아무 말 없이 하늘을 오래 바라보았다.

***

지영이와 단둘이 동네 산책을 나섰다. 생일 선물로 받은 크로스백을 메고 기분 좋게 걷는데, 지영이가 가방을 힐끗 본다.

"야, 그 가방 이쁘다. 어디서 샀냐?"

"아빠가 생일 선물로 사 줬어."

"한번만 해 봐도 돼?"

나는 고개를 끄덕이고 지영이에게 가방을 건넨다. 지영이는 어깨에 메 보더니 거울을 보며 말한다.

"야, 이거 나한테 더 잘 어울리는 것 같지 않아?"

"뭐래, 진짜."

"나 잡으면 돌려줄게!"

지영이가 신나게 웃으며 갑자기 뛰기 시작한다. 어이가 없어서 같이 가자고 소리치며 뒤따른다. 골목을 돌아 뒷산로 접어드는 순간, 하늘이 점점 어두워진다.

"비 오려나?"

말이 끝나기 무섭게 하늘에서 빗방울이 떨어지기 시작한다.

"소나기인가 보다."

지영이는 굵은 비를 맞으면서도 웃는다. 내가 팔을 뻗어 가방을 받으려 하자, 지영이가 걸음을 멈춘다.

"유나야, 너네 아빠 진짜 멋있다. 우리 아빤 뭐냐. 딸 생일이라고 이런 거 사주고…"

지영이가 조심스레 가방을 벗어 다시 내게 건네려는 순간,

안에 있던 짐들이 울컥 쏟아진다.

"아, 어떡해. 유나야, 미안."

당황한 지영이와 함께 짐을 챙기다가 애써 웃으며 말한다.

"괜찮아. 집 가서 닦으면 되지."

말은 그렇게 했지만 마음은 무거웠다. 진흙이 묻은 짐과 가방을 꼭 껴안은 채 집으로 돌아오는 길, 여전히 비가 내리고 있었다.

눈을 떴다. 또 꿈이다. 침대에서 일어나자마자 가방을 먼저 찾았다. 다행히 멀쩡했다. 꿈이었구나. 그런데도 기분이 좀처럼 나아지지 않았다. 저녁을 먹으며 꿈 이야기를 꺼냈다. 엄마랑 아빠는 웃으며 말했다.

"개꿈이네. 빨리 잊어버려."

하루 종일 이상하게 그 가방이 마음에 걸렸다. 울컥 쏟아진 순간의 감각이 아직도 손끝에 남아 있는 듯했다. 잘 붙잡고 있다고 생각했던 무언가 갑자기 끊어져 버리는 기분. 말로는 괜찮다 했지만, 여운이 쉽게 가시질 않았다.

마지막 시험지를 제출하고나서 교실 분위기가 확 달라졌다. 드디어 기말고사가 끝났다. 맨날 엎드려 있던 애들이 하나둘 일어나 웃고 떠들고, 복도엔 시험 결과를 맞춰보는 아이들 소리로 가득 찼다.

"와, 드디어 끝났다!"

"이제 진짜 해방이야."

"우리집은 벌써 여행 계획 짜고 있음."

애들 얼굴에 생기가 돌았다. 성적표 걱정은 잠시 접어두고, 오늘만큼은 다들 마음껏 웃고 떠드는 분위기다. 붕 뜬 마음은 우리 셋도 마찬가지였다.

"근데 우리 천문대 가기로 한 거 있잖아, 소정이 생일날. 예약해야 되는 거 아니야?"

"맞아, 까먹기 전에 빨리 해 두자."

"그날 약속 있는 사람 없지?"

"응응, 그날은 무조건 비워둬야지."

"나 수학 점수 좀만 오르면 진짜 다 소정이 덕분이야. 소정아, 뭐 먹고 싶어? 내가 살게. 진심으로."

지영이는 이번에 성적 오르면 엄마가 핸드폰을 바꿔 주기로 했다며 들떠 있다. 신기하게도 소정이가 짚어준 문제 몇 개가 시험에 그대로 나왔고, 배점도 컸다. 가채점을 하면서 내적 환

호를 질렀다. 누군가의 도움으로 시험을 잘 본 게 처음이라서 그 마음을 어떻게 표현해야 할지 몰랐다. 지영이처럼 확실하게 표현하지 못한 게 괜히 마음에 걸렸다.

다음번엔 꼭 말해야지. 고마웠다고. 진심으로.

기분 좋게 소정이네 집으로 향하던 길이었다. 아파트 단지 입구에 다다르자 커다란 용달차 한 대가 시야에 들어왔다.

"누구 이사 가나 보다."

지영이가 말했다. 무심코 보다가 멈춰섰다.

"저거... 소정이네 피아노 아니야?"

용달차에 실리고 있는 하얀 피아노. 기사 아저씨들이 밧줄을 단단히 묶고 있다. 그 광경을 본 소정이는 갑자기 트럭으로 달려들었다.

"지금 뭐 하시는 거예요! 우리 엄마 피아노 내려요!"

소정이는 이미 이성의 끈을 놓은 듯했다. 그 아이가 울부짖는 소리에 나와 지영이는 얼어붙었다.

"당장 내리라니까요!"

피아노에 묶인 끈을 잡아당기며 울음을 터뜨리는 소정이. 당황한 건 기사 아저씨들이었다.

"학생, 이러면 위험해요. 다칠 수 있다고. 우리는 어머니한테 정식 의뢰 받고 온 거예요. 돈도 다 받았고."

소정이는 듣지 않았다. 오히려 더 매달렸다. 기사 아저씨는 어쩔 수 없다는 듯 어디론가 전화를 걸었다. 얼마 지나지 않아 소정이네 엄마가 내려왔다. 표정엔 짜증이 섞여 있었다.

"누구 마음대로 우리 엄마 물건을 당신이 치워요. 내가 엄마라고 해 주니까 진짜 엄마라도 된 줄 알아?"

"소정아, 괜찮아. 이제 곧 아기도 태어나는데, 죽은 사람 물건이 거실에 있으면 안 되지. 이제 받아들일 때도 됐잖아. 진정해."

소정이 눈동자가 심하게 흔들렸다.

"아빠가 그러라고 했어요? 아빠도 알아요?"

결국 소정이가 용달차 앞을 막아서며 말했다.

"절대 못 가져가요. 내 허락 없이."

이를 꽉 깨문 소정이의 몸이 조금씩 떨렸다. 붙잡고 싶어서 붙잡는 게 아니라, 그 외에는 선택지가 없는 것처럼. 우리가 알던 소정이와는 다른 사람 같았다.

길거리에 사람들이 자꾸 모여들었다. 힐끔거리며 지나가는 이들도 있었고, 대놓고 핸드폰을 드는 사람도 있었다. 지친 소정이는 부들부들 떨리는 손으로 누군가에게 전화했다. 아빠인 것 같았다. 계속 받지 않는 듯했다. 기사 아저씨들이 난감한지

"어떻게 하실 거예요. 저희도 바빠요. 학생이 저렇게 막아서면…"

결국 소정이가 힘없이 비켜섰다. 기사 아저씨들은 짧은 한숨을 쉬고는 다행이라는 듯 피아노를 싣고 출발했다. 피아노가 멀어질수록 소정이의 어깨가 더 작아 보였다. 처음 피아노를 발견한 순간부터 소정이는 내내 울고 있었다. 단지 들썩이지 않았을 뿐이다. 소리 없이 줄줄 흐르는 눈물이 더 애처로워 보였다.

"더 좋은 피아노 다시 사줄게." 소정이네 새엄마가 말했다.

"그딴 건 없어요."

그 말을 끝으로 소정이는 바닥에 주저앉았다. 겨우 흐느끼고는 일어나려다가 갑자기 숨을 몰아 쉬며 쓰러졌다.

"소정아!"

그제야 우리는 소정이에게 달려갔다. 순식간에 일어난 일이었다. 새엄마는 침착하게 119를 불렀고, 소정이와 함께 구급차를 타고 떠났다. 지영이랑 나는 너무 놀라서 한동안 멍하니 서 있었다.

우리는 소정이에 대해 정말 아무것도 모르고 있었던 거다.

며칠 전, 소정이가 학교 복도에서 멍하니 서 있길래 조심스레 물었었다.

"괜찮아?"

"…"

"뭐해, 여기서?"

"하늘 보고 있었어."

"그냥 하늘을? 별도 안 보이는데?"

"구름 모양이 바뀌는 게 예뻐서."

"별만 좋아하는 줄 알았는데, 위에 있는 건 다 좋아하네?"

"응, 하늘엔 내가 좋아하는 것만 있으니까."

"별이랑 구름 말고도?"

소정이는 대답 대신 창밖을 가리켰다.

"사실 난 그냥 별이 좋은 게 아니야."

이상한 말이라고 생각했지만 더 묻지 않았다.

언젠가 그 아이가 했던 말들이 퍼즐처럼 맞춰지고 있었다. 텅 빈 하늘을 오래 바라보던 그 눈빛. 누군가를 그리는 듯한 말투. 별을 바라보는 습관처럼, 소정이는 어쩌면 매일 누군가를 그리워하고 있었던 건 아닐까. 그토록 말 없이 지내온 이유도, 선을 긋고 거리감을 둘 수밖에 없었던 마음도. 왜 우리에게 더 말해주지 않았을까. 왜 말하지 못했을까.

소정이와의 거리는 단순히 물리적인 간격이 아니었다. 그건 우리가 지나온 시간의 간극이었다. 감히 이해할 수 없는 시간들을 통과해왔기에 그 애가 마음을 열지 않으면 누구도 들어갈 수 없는 공간. 나는 과연 진심으로 그 아이 곁에 다가가려 했던 걸까. 아니면 일방적으로 내 마음만 전달하고 싶었던 걸까.

소정이는 우리랑 함께였지만 진짜 힘들 때는 언제나 혼자였다. 그걸 이제야 깨달은 게 미안했다. 함부로 위로할 수 없었다. 그날 밤, 나는 곰인형을 꺼내 보았다. 소정이가 만들어 준 별이 가득 담긴 유리병도 꺼내 봤다. 다른 건 모르겠고 곁에 있어주고 싶었다.

***

다음 날도, 그 다음 날도 소정이는 학교에 오지 않았다. 전화도 받지 않았고, 집에 찾아가도 대답이 없었다. 초인종 소리만 허공에 메아리처럼 울려 퍼질 뿐이었다. 일주일을 기다린 지영이는 씩씩거리며 말했다.

"학교는 안 나와도 우리 메시지는 봐야 하는 거 아냐? 소정이 마음은 알겠는데, 이건 좀 아니지 않냐고."

나는 지영이의 말에도 쉽게 맞장구칠 수 없었다. 자꾸만 미안한 마음이 앞섰다. 우리가 뭔가 더 해줄 수 있었던 건 아닐까, 하는 후회 같은 것.

"지영아, 나 오늘은 먼저 갈게."

"갑자기 왜?"

"누구 좀 만나러."

왜 그 순간, 재민 오빠 얼굴이 떠올랐는지는 모르겠다. 편의점으로 달려갔지만 오빠는 아직 도착하지 않았다. 알바생이 이상하다는 듯 나를 살펴보았다. 아무래도 상관 없었다. 메시지를 보내고 30분쯤 기다리니 오빠가 왔다.

"재민 오빠."

"어, 유나야. 무슨 일이야? 메시지 봤어."

"오빠 기다렸어요."

"응, 왜?"

"물어보고 싶은 게 있어서요."

"뭔데?"

"소정이랑 교회에서 아는 사이라고 하셨잖아요. 혹시 소정이한테 무슨 일 있었는지 아세요?"

오빠의 얼굴이 잠시 어두워졌다.

"소정이한테 무슨 일 있어?"

"소정이가 연락이 안 돼요. 원래 이 정도로 연락이 안 되진 않았는데…"

울면서 말하려던 건 아닌데 나도 모르게 눈물이 차올랐다. 오빠도 당황한 것 같았다.

"…소정이가 원치 않아서, 자세한 말은 못 해. 그냥… 서울 아산병원으로 가 봐."

"아산병원이요…? 고마워요."

바로 버스 시간표를 검색했다. 처음으로 혼자 서울까지 가는 거라 조금 떨렸다. 버스 안에서도 내내 가슴이 쿵쾅거렸다. 소정이를 꼭 만나야만 할 것 같았다. 병원에 다다를 때쯤, 기시감이 들었다. 가는 길을 자세히 살펴 보니 지영이 이모가 데려다 주신 아빠 병원이었다. 병원 입구에 서서 한참을 들어가지 못하고 서 있었다.

　생각났다. 어쩐지 낯익던 얼굴, 그 따뜻했던 말투.

"몇 살이니?"

"15살이요."

"우리 딸도 15살인데..."

　소정이 책상에 있던 사진. 어린 소정이와 함께 웃고 있던 그 남자. 우리 아빠 담당 의사였던 그 사람, 박민국 선생님. 내가 왜 그 생각을 못 했지, 그렇게 소정이 집엘 가 놓고.

"화상외과 박민국 선생님 뵈러 왔어요."

　간호사는 고개를 저었다.

"선생님 이번 주는 휴가세요. 개인 사정으로."

　집에 도착하니 거의 11시다.

"언닌 끝났다, 이제. 엄마 화 많이 났어."

　유선이가 미리 메시지를 보내주었다.

"...다녀왔습니다."

"넌 전화도 안 받고 지영이도 모른대고, 대체 어딜 갔다 온 거야. 시간이 몇 시야?"

"미안해… 꼭 만나야 하는 친구가 있어서."

"…너무 늦었으니까 일단 씻고 자. 내일 다시 얘기해."

"네…"

"뭐야, 엄마 이게 끝이야? 내가 저번에 늦게 들어왔을 때는 등짝을 때려놓고선…"

***

보름째. 여전히 소식이 없다.

"유나야, 우리 내일 천문대 가기로 했던 날인데 어떡하냐. 소정이 생일 선물로 간다고 티켓도 다 예매해 뒀는데."

지영이가 걱정스러운 표정으로 말했다.

"그냥 가자. 혹시 모르지. 올 수도 있잖아."

"야, 학교도 안 나오는 애가 거길 오겠냐."

"그래도... 혹시 모르잖아."

말은 그렇게 했지만, 나도 불안했다. 그래도 가고 싶었다. 우리의 첫 약속이니까. 소정이의 생일 선물이었고, 우리가 아직도 친구라는… 증거 같았다.

토요일 아침, 눈을 뜨자마자 창문부터 열었다. 하늘은 믿을 수 없을 만큼 맑았고, 햇살은 유리창을 뚫고 방 안으로 쏟아졌다. 뜨겁지만 파란 하늘을 보는 것만으로도 마음이 말랑해졌다. 드디어 천문대에 가는 날이다. 소정이의 생일을 핑계 삼아, 우리가 함께 떠나는 첫 여행.

뭘 입을까 고민하다가 여름 하늘처럼 밝은 하늘색 원피스를 꺼냈다. 하얀 운동화, 그리고 검정 크로스백. 다 입고 나왔더니 유선이가 말한다.

"언니, 나도 가고 싶다."

"다음에 같이 가자."

아빠는 내가 나가는 걸 보더니 3만 원을 보내 주었다. 간단한 메시지와 함께.

'친구들이랑 맛있는 거 사 먹어.'

천문대 입구에서 우리는 11시에 만나기로 했다. 먼저 도착한 건 지영이다. 우리는 아이스크림을 하나씩 들고 정문 벤치에 앉아 소정이를 기다렸다. 입장은 11시 30분부터라 아직 여유가 있었다.

"올까?"

"글쎄... 모르겠다."

지영이는 초조한 듯 다리를 떨었다. 나도 마음이 진정되지 않았다. 소정이가 온다고 확신할 수는 없었다. 여전히 전화도 메시지도 받지 않았지만 왠지 오늘은, 진짜 올 것 같았다. 그러길 바랐다.

부모님 손을 잡은 어린 아이들이 우리를 스쳐 지나갔다. 아이스크림을 다 먹을 때까지, 그리고 화장실을 여러 번 다녀오기 전까지는 그래도 웃을 수 있었다. 날씨도 좋고, 우리 둘이니까. 애써 웃긴 얘기도 하고 수영이와 해인이가 썸을 타는 것 같다는 소식도 들었다. 그러나 점심이 훌쩍 지나 아까 입장한 아이들이 관람을 끝내고 나오는 걸 보고 나니 더는 웃을 수 없었다. 괜히 오자고 해서 실망만 하는 건가. 지영이는 이미 말을 잃었다.

그날 이후 우리의 시간도 멈춰 있었다. 소정이가 구급차에 실려 간 뒤로, 지영이와 나는 며칠 간격으로 번갈아 소정이네 집을 찾아갔지만 아무도 없었다. 마치 처음부터 아무도 없었던 것처럼. 학교에서도 마찬가지였다. 담임 선생님께 여쭤봤지만,

말을 아끼는 느낌이었다. "소정이가 올 때까지 기다려보자"는 말만 되풀이하셨다.

같은 반에서 그 애를 기다리는 건 결국 지영이와 나, 우리 둘뿐이었다. 나머지 아이들은 얼마 남지 않은 방학을 기다리며 평소와 다름없이 시간을 보냈다. 누군가를 기다린다는 건 한자리에 서 있는 게 아니라 텅 빈 자리를 끝없이 바라보는 일이라는 걸, 그때 처음 알았다.

"지영아, 이제 그만 가자…"

"응?"

"둘이라도 볼까 했는데 그냥 더 심란할 것 같다."

"야!"

지영이가 갑자기 일어섰다.

"어차피 안 올 것 같으니까 집에 가자고…"

"아니, 저거 박소정 아니야?"

정문 쪽에서 누군가 걸어오고 있었다. 얇은 니트에 긴 치마. 얼굴엔 그 특유의 멍한 표정이 여전했지만 걸음걸이는 또렷했다.

"너… 대체 어떻게 된 거야? 괜찮아?"

"미안해. 걱정 많이 했지."

"그걸 말이라고 해? 우리 너네 집에도 갔어. 이거 봐, 나 스트레스 받아서 피부 다 뒤집어졌어."

지영이는 말하면서도 눈가가 촉촉했다. 나도 괜히 울컥했다. 소정이가 지영이 말에 피식 웃다가 나를 바라본다. 말없이 그 애를 꼭 안았다.

"왔으면 됐어. 왔으면."

드디어 관람권을 내고 입장했다. 프론트 직원 언니가 종일 관람권을 내고 오후 늦게 입장하는 우리를 이상하다는 듯 바라보지만 상관 없었다. 그게 뭐든 셋이 할 수 있다는 사실만으로 충분한 우리였다. 들어가자마자 거대한 망원경으로 행성과 별을 관측했다.

셋이 앞다퉈 드론을 조종해 날려 보기도 했다. 소정이보다 지영이가 더 신나서 박수를 치고 난리다. 전시관 조명이 너무 투명하고 예뻐서 평소에 찍지도 않던 셀카를 찍어 본다. 소정이를 가운데 두고 거울 사진도 몇 번을 찍었다. 우리한테 대충 허락을 맡고 바로 인스타에 올리는 지영이.

소정이의 인도를 따라 들어간 4D 영상관에서는 별자리를 따라 움직이는 기구를 탔다. 집에 돌아가기 아쉬워 야간 관측까지 남기로 했다. 소정이는 자기도 구경하면서 중간중간 우리에게 해설해주는 것을 잊지 않았다. 7미터짜리 원형 돔이 부드럽게 열리며 파란 하늘이 드러났고, 우리 셋은 동시에 숨을 들이마시듯 감탄했다.

"와…"

수없이 올려다본 하늘이었는데도, 천문대에서 본 하늘은 전혀 다른 얼굴을 하고 있었다. 선명하고 깊고, 손이 닿을 듯 멀었다. 소정이는 누구보다도 집중해서 하늘을 바라봤다. 그 애의 눈이 반짝였다. 마치 별빛이 자기 안에서 자라나는 것처럼.

"스스로 빛을 내는 건 별뿐이래. 태양도 그중 하나고"

"그럼 나머지는 다 빛을 반사하는 거야?"

"응. 행성이나 위성 같은 거."

소정이에게 전염된 듯 지영이가 계속 질문을 쏟아냈다. 어쩐지 뿌듯했다. 소정이보다 지영이가 더 신나 보였다. 평소엔 별이나 하늘이나 별 관심 없는 지영이였지만, 우리 둘다 소정이한테 전염된 걸지도 모른다. 햄버거 하나, 아이스크림 하나로 버틴 하루였지만 배가 고픈 줄도 몰랐다. 그렇게 종일 걸었는데도 신기하게 피곤하지 않았다.

저녁에는 지영이 이모가 차로 데리러 와주셨다.

"소정아, 우리 집에서 자고 갈래? 우리 파티 하자."

"무슨 파티…?"

"진짜 너 뭐냐. 친구 집에서 한 번도 안 자 봤어?"

헤어지기 아쉬워 우리집에서 파자마 파티를 하기로 했다. 각자 허락도 받고, 잠옷만 얼른 챙겨 모였다. 소정이는 늘 우리 집에 오고 싶어 했어서 이번엔 꼭 초대하고 싶었다. 무엇보다 우리 눈앞에서 사라지지 않게 오래 붙잡아 두고 싶었다. 아직 소정이 이야기를 듣지도 못했고.

"네가 소정이구나."

엄마가 소정이를 반갑게 맞아주셨다. 지영이도 함께였다.

"이모, 지영이도 왔어요."

"어머, 우리 지영이 더 예뻐졌네!"

"이래서 내가 이모를 좋아하지. 엄마는 맨날 수영이만 예뻐하잖아요."

"참나. 너희 엄마 나만 보면 네 자랑하는데?"

"에~ 정말요? 우리 엄마가 그럴 리가 없는데…"

"진짜야~ 얼른 유나 방 가서 놀아. 간식 챙겨줄게."

엄마가 떡볶이를 해 줘서 셋이서 금방 나눠 먹었다. 지영이는 밤새 놀자고 하더니, 피곤했는지 조금 말하다가 먼저 잠들었다. 그동안 무슨 일이 있었는지 궁금했지만 소정이가 말해 줄 때까지 기다리기로 했다.

"이거 내가 준 선물이네."

소정이가 내 책상 위에 놓인 유리병을 가리켰다.

"응. 유선이랑 윤후가 얼마나 탐내는지 몰라. 이거 보면 괜히 기분이 좋아져. 별은 또 몇 개나 접은 거야?"

"그냥 혼자 시간 보낼 때마다 접었어. 언제부터인지 기억은 안 나네. 천 개 넘을걸?"

"미쳤다. 난 한 자리에 그렇게 오래 앉아 있지도 못하는데…"

소정이는 가볍게 웃었다.

"유나야, 너도 궁금하지? 전에… 그 피아노 있잖아."

"아…"

"내가 태어나기도 전부터 그 피아노가 우리 집에 있었대. 아빠가 결혼 1주년 선물로 사줬다고 들었어."

"그러면 너보다 오래된 피아노네."

"응. 엄마가 남긴 유일한 거라. 엄마랑 같이 있는 기분이었어."

"엄마는... 지금은…"

"……"

"말 안 해줘도 돼. 내가 괜히 물었어."

소정이는 고개를 젓고 말을 이었다.

"심장이 안 좋으셨어. 내가 아홉 살 때 돌아가셨어."

보는 내가 아플 만큼 담담하게 이야기하는 소정이.

"…많이 힘들었겠다."

"이제 익숙해질 법도 한데. 아직은 멀었나 봐. 나보다 아빠가 더 힘들어하셨어."

소정이의 시선이 멀리 흩어졌다. 마치 눈앞에 없는 장면을 보고 있는 것처럼. 크게 동요하지는 않았지만, 그 안에 눌린 감정이 고스란히 전해졌다.

"49재 마치고 아빠가 엄마 물건을 다 정리하셨어. 태웠다고 했어. 피아노는 남겨두셨고. 어쩌면… 이 모든 게 다 나 때문인 것 같아."

갑자기 그 애가 울기 시작했다. 나는 흠칫 놀랐지만 가만히 기다렸다.

"내가 엄마를 잃고 나서 말을 못 했어. 실어증이 와서 아빠가 병원에 데리고 갔고, 음악 치료를 받았거든. 그때 나를 치료한 선생님이 지금의 새엄마야."

"...그럼 은인이네."

"맞아. 처음엔 그렇게 생각했어. 근데... 5학년 때 그분이 새엄마가 되었을 땐, 솔직히 받아들이기 힘들었어. 아빠도, 엄마의 공간도, 모두 사라진 느낌이었거든."

나는 어떤 말도 꺼낼 수 없었다. 이건 위로의 문제가 아니라, 시간이 풀어야 할 이야기였다.

"나는 엄마에 대한 기억이 어릴 때밖에 없으니까… 별 노래로 자장가를 불러주셨거든. 그래서 그런가, 별만 보면 엄마 같아. 나한텐 그거밖에 없었어."

소정이는 유리병 속의 별들을 가만히 바라봤다.

"유나야, 내가 전에 물었지. 동생이 있는 건 어떤 기분이냐고. 새엄마가 임신했거든. 그 애를 미워하지 않을 수 있을까? 내가 좋은 언니가 될 수 있을까?"

"소정아, 좋은 언니는 세상에 없어. 나도 좋은 언니 아니야. 그냥... 언니야."

아리송한 얼굴로 날 바라보는 소정이를 향해 가볍게 웃어주었다.

"지금은 좀 괜찮아졌어. 너희가 그렇게 걱정했던 거 알지만… 그날 그러고 나서 아빠가 말씀하시더라. 아빠가 새엄마한테 처음으로 화를 냈대. 그분이 무슨 점을 봤는데 망자의 물건이 아이한테 안 좋다는 소리를 들었다고…"

"진짜? 점쟁이 말 믿고 피아노를 버리라고 한 거야?"

"응. 그래도 아빠 이야기를 들으면서 엄마를 잊은 게 아니란 걸 처음 느꼈어. 그것만으로도 괜찮은 것 같아."

바짝 긴장해 있던 소정이의 어깨가 조금은 누그러졌다.

"그리고… 피아노는 기부하자고 했어. 버려지는 건 참을 수 없어서."

이 아이는 어떻게 이렇게 단단하게 자랐을까. 누구도 대신 겪을 수 없는 일들을 오롯이 통과해낸 사람이 가진 무게 앞에서 나는 연신 놀라고 있었다.

"진짜 대단해, 소정아."

"그냥... 내가 할 수 있는 최선이었던 것 같아."

그렇게 말하며 조용히 숨을 내쉬었다. 한 번도 제대로 말하지 못했던 이야기들, 침묵으로만 버텨왔던 시간들이 그 짧은

호흡에 실려 있었다.

  난 늘 내가 또래에 비해 성숙하다고 생각했었는데 소정이를 만나고 그게 아무것도 아니라는 걸 깨달았다. 먼저 잠든 소정이를 보면서 문득 소정이네 집에서 읽은 <데미안>이 생각났다.

  『새는 알에서 나오기 위해 투쟁한다. 알은 세계다. 태어나려는 자는 한 세계를 파괴해야만 한다.』

  주인공 싱클레어는 괴롭힘을 당하다가 데미안이라는 존재를 만나며 구원의 기회를 얻는다. 단순한 친구 이상의 존재였다. 그는 데미안을 통해 세상을 다시 보게 되고, 자신에 대해 깊이 알아가기 시작한다.

  나는 줄곧 내가 데미안인 줄 알았다. 소정이를 도와주고 있다고, 이끌어주는 사람이라고 착각했다. 그런데 이제 확실히 알 것 같다. 내가 싱클레어였다는 걸. 소정이는 내게 또 다른 세계의 문을 열어준 사람이다.

  여름이 다가올수록 우리는 단단해져 갔다. 언제든 알을 깨고 나올 수 있게. 시리게 따뜻한 봄볕을 듬뿍 받고 자란 가지처럼, 함께 뻗어나가고 있었다.

다음 날 아침, 지영이가 일찍부터 우리를 깨웠다. 새벽에 잠들어서 너무 피곤한데 지영이는 이미 옷을 다 입고 들떠 있다.

"잠깐만 나가자! 방학 전에 꼭 사고 싶은 거 있었단 말이야."

"아침부터 뭘 또 사러 가…"

"따라오면 알 거야. 너네도 무조건 좋아할걸."

지영이의 말에 기대하면서도 반쯤 끌려 나갔다. 아트박스에 도착하자마자 지영이는 악세사리 코너로 달려갔다.

"이거 봐. 이거 진짜 예쁘지 않아?"

지영이가 집어 든 건 별자리 모양이 새겨진 키링이었다. 영어로 작게 쓰인 별자리 이름과 함께 색깔도 다양했다.

"우리 이거 같이 사자. 하나씩 골라. 내가 살게."

"응? 너 요즘 왜 이렇게 많이 사?"

"그냥 좋잖아. 또 언제 이런 거 해 보겠냐."

우리는 각자 마음에 드는 키링을 골랐다. 나는 보라색 물병자리, 소정이는 붉은 쌍둥이자리, 지영이는 연두색 염소자리를 골랐다. 손에 들고 있을 때도 예뻤지만, 가방에 걸고 나서야 더 특별해졌다.

"이거 우리 커플로 맞춘 거니까 잃어버리면 안 된다. 알았지?"

"무슨 커플이야. 사람이 셋인데."

지영이의 말에 소정이랑 나는 웃음을 참지 못했다. 별것도 아닌 일에 깔깔거리고 웃는 일, 셋이 함께 웃는 순간이 이제는 너무 자연스럽고 익숙하다.

애들과 헤어지고 집으로 돌아가는 길, 집 앞 횡단보도에 재민 오빠가 있다.

"유나야, 집에 가?"

"네, 오빠도 집 가는 길이에요? 아, 오빠… 그때 소정이. 잘 만나고 얘기 나눴어요."

오빠는 조용히 고개를 끄덕였다.

"궁금했는데, 오빠는 소정이를 어떻게 알게 된 거예요? 학교도 다르잖아요."

"우리 아빠 병원 다니는 거 알지? 아산병원. 거기서 몇 년 전에 처음 만났어."

워낙 큰 병원이다 보니 다들 거기로 가나 보다. 오빠도 소정이 아빠가 누군지 아는 걸까?

"그렇구나… 아무튼 알려줘서 고마워요."

"고맙긴. 너 덕분에 소정이도 덜 외롭지 않을까."

"사실은 내가 더 많이 배우고 있는 거 같아요."

 오빠는 말없이 웃었다.

***

드디어 여름 방학이 시작됐다. 아빠는 여전히 매주 병원에 다니고, 엄마는 몇 달간 열지 못했던 가게를 다시 열었다. 우리 셋은 짝이 아니어도 늘 붙어 다녔다. 교실에서 앉는 자리도 어쩌다 보니 지영이, 소정이, 나 순으로 한 줄을 이루었다.

성적표를 받은 지영이는 중간고사 때보다 수학 점수가 무려 10점이나 올라서, 그렇게 갖고 싶다던 핸드폰을 이모에게 선물로 받았다. 나 역시 생애 최고의 수학 점수를 받았다. 모두 소정이 덕분이었다. 그리고 소정이는... 또 만점이다. 아마도 유전자의 힘일 것이다.

천문대가 재미있었던 지영이는 방학에 근처로 놀러 가자며 벌써 계획을 세운다. 지영이 인스타 피드엔 우리 사진이 가득

하다. 계정만 있고 딱히 활동은 하지 않는 소정이도 봤으려나. 나도 가끔 스토리만 공유하고, 게시물엔 조용히 좋아요만 눌러두었다.

　방학식이 끝나고 마라탕을 먹으러 가기로 했다. 걸어가는 동안 소정이가 먼저 물었다.

"너네는 꿈이 뭐야?"

　지영이가 먼저 대답했다.

"나? 나는 아이돌 하려고. 올해부터 보컬 학원 다니게."

　소정이가 신기해하며 고개를 끄덕이자, 지영이가 되물었다.

"유나는?"

"나는… 작가 되고 싶어. 소설 작가?"

"잘 어울린다."

　소정이가 말했다. 나도 모르게 미소가 퍼졌다.

"소정이는? 너는 별 좋아하니까 천문학과 같은 데 가야 하는 거 아니야?"

"음... 아직은 잘 모르겠어."

"그럼 고등학교는 어디로 갈 거야?"

　지영이가 물었다.

"나는 새봄고등학교 써 볼 거야."

내가 대답하자, 지영이가 눈을 동그랗게 뜨며 말했다.

"유나는 계획이 있었네. 거기 재민 오빠 다니지 않냐? 그럼 유나는 나랑 떨어지겠다. 거긴 너무 빡세서 난 원서 쓰기도 힘들 듯."

지영이가 한숨을 쉬며 말했고, 소정이는 가만히 듣고만 있다.

"우리 언제 어른 되냐. 빨리 컸으면 좋겠다. 난 그냥 가까운 학교 갈래. 꿈이 아이돌이잖아? 며칠 전에 피아노 선생님이 나한테 절대음감이라고 했거든. 고등학교 가면 남자도 꼬셔야지."

"뭐야. 아이돌이 꿈이라며. 연애는 포기 못 해?"

"야, 꿈이라도 꾸는 거야. 되면 좋고, 안 되면 말고."

한참을 투닥대며 걸었다. 말도 안 되는 꿈 같았지만, 꿈이라는 건 원래 그런 거니까. 손에 닿지 않아서 더 간절하고, 의심과 기대를 함께 불러오는 것.

여름 방학이 시작되고 지영이는 진짜 보컬 학원에 등록했다. 이야기를 꺼낸 지도 얼마 안 됐는데, 역시 뭐든 빠른 지영이다. 우리는 지영이에게 미리 사인이나 해 두라고 했다. 소정이와는 연락이 됐다 안 됐다 했다. 예전처럼 별에만 몰두하지 않고, 곧 태어날 동생 얘기를 더 많이 한다.

지영이는 소정이에게 『새끼 강아지 키우는 법』이라는 책을 선물했다. 유용한 팁이라며. 괜히 소정이한테 물들었는지 지영이도 엉뚱한 짓을 종종 했다. 나는 거의 매일 도서관에 들러서 소설을 보고, 틈틈이 운동도 했다. 점점 살이 붙는 게 신경 쓰여서 홈트레이닝을 하는 중이다. 아빠는 손 신경이 아직 회복되지 않아 재활치료를 계속 받고 있다. 유선이와 윤후가 아빠의 손발이 되어 이것저것 심부름도 하고 집도 정리한다. 벌써 애들도 많이 컸다…

여름 방학 중에 딱 한 번, 셋이 놀았다. 전부터 소정이가 힘주어 말했던 유성이 내리는 날이었다. 점심을 먹고 지영이 집에 모였는데, 수영이가 소정이를 보자 얼굴이 새빨개지더니 방에 틀어박혀 나오질 않았다. 우리는 대놓고 웃으며 온갖 상상을 했다.

"설마 소정이한테 반한 거 아냐? 유나야 큰일 났어. 나 이러다 소정이랑 가족 되면 어쩌지?"

"그 전에 해인이가 소정이 괴롭히면 안 되니까 비밀로 해."

"야! 해인이가 우리 오빠한테 초콜릿 준 거 내가 다 먹었잖

아. 아니, 보기보다 되게 순한 여자애더라. 좋아하는 사람 앞에선 한없이 여리여리해."

"근데 수영이는 아직도 해인이 좀 무섭다며. 둘이 썸 타는 거 맞아?"

지영이의 말에 우리는 서로를 한번 보고는 동시에 터졌다.

"소정아, 너도 걔네 무서웠어?"

"아니. 나는 사실... 지영이가 더 무서웠는데?"

뜻밖의 고백에 지영이는 멍하니 있다가 입맛 없다고 투덜거렸다. 수박을 먹으며 한참 시덥지 않은 이야기로 시간을 보냈다.

"너네는 어떻게 친해졌어?"

소정이가 물었다.

"8살쯤? 놀이터에서 유나가 책 읽고 있었어. 그때도 얘는 참… 누가 놀이터에서 책을 보냐? 아무튼 내가 뭐 주면서 말 걸었지. 그치?"

"응. 도서관에서 빌려온 책이었는데… 엄마가 애들 보느라 바빠서 나 혼자 놀이터 나갔었거든. 집이 하도 시끌벅적하니까."

"나랑 친해지고 나서 유나가 확 달라졌다고, 얘네 엄마가 그랬어. 좋은 쪽인지는 모르겠지만."

넉살 좋게 말하고 웃는 지영이. 조용히 책만 읽던 어릴 때를 생각하면 지금의 나는 거의 다른 사람 같다.

"부럽다. 그런 친구가 있다는 게…"

소정이의 말에, 지영이는 진지하게 말했다.

"얘가 우리를 옆에 두고. 친구가 별거야?"

소정이의 동그란 눈이 금세 촉촉해졌다. 나는 조용히 덧붙였다.

"그러니까, 너도 우리 옆에 계속 붙어 있어."

***

"방학 동안 다들 잘 지냈나? 아픈 친구는 없지?"

2학기 첫날, 담임 선생님의 목소리가 교실 안을 채웠다. 한 학기 동안 교실에 익숙해졌다고 생각했는데, 방학이 끝나고 돌아오니 금세 낯설다.

"이제 2학기니까 다시 한 번 마음 다잡고 열심히 해 봅시다."

"네에—"

익숙한 시작. 방학이 끝났다는 사실에 서운했지만, 다시 이전처럼 애들이랑 놀 생각에 조금 부풀어 있기도 했다. 이번 학기는 또 어떤 일들이 펼쳐질까. 지난 학기만큼은 다이나믹하지 않았으면 좋겠다. 갑자기 소정이랑 처음 만났을 때 생각이 나서 웃음이 큭 났다.

"오늘 결석한 사람 있나?"

선생님의 질문에 지영이가 손을 들었다.

"소정이가 아직 안 왔어요."

순간 교실에 묘한 정적이 흘렀다. 그러고 보니 소정이가 아직 없다. 역시 지각인가.

"소정이는... 방학식 날에 자퇴 신청서를 냈어요."

선생님의 말에 우리는 동시에 고개를 들었다.

"유나야, 너 알고 있었어?"

지영이가 고개를 휙 돌려 묻는다.

"아니, 몰랐어. 며칠 전에도 같이 있었는데…"

손끝이 책상 모서리를 따라 천천히 미끄러졌다. 머릿속이 텅 비어서 지영이에게 겨우 대답하고 뻐근해진 목을 풀었다. 선생님이 하는 말도 모두 튕겨져 나갔다.

"와… 진짜 대박이다."

지영이도 충격이 큰 듯했다. 둘 다 말이 없어졌다.

'어떻게… 우리한테 아무 말도 없이…'

그 순간, 전에 예은이가 했던 말이 떠올랐다.

"상처받을 수도 있어. 나도 그랬거든."

네 번째

일교시부터 육교시까지, 어떻게 수업을 따라갔는지 모르겠다. 하루 종일 머릿속이 멍했다. 점심시간에 지영이와 평소처럼 식판을 들고 나란히 앉았지만, 아무 맛도 느껴지지 않았다. 엉망인 상태로 서로를 바라보다가, 괜히 미친 사람처럼 참았던 얘기들을 쏟아냈다.

"우리만 바보 된 거지? 친구네 뭐네 하면서. 유나야, 너도 그냥 잊어버려. 똥 밟았다 치자. 솔직히 걔가 우리랑 친해지고 싶어서 접근한 거 아냐? 생각해 보면 우리가 언제 걔랑 친했어? 진짜 어이가 없다. 이딴 식으로 배신하는 건 아니지."

지영이는 점점 흥분했다. 말이 쏟아질수록 얼굴도 달아올랐다. 쉬는 시간마다 내 자리로 와서 불만을 토해냈지만, 말을 듣는 둥 마는 둥 하며 멀리 창밖만 바라봤다. 같은 릴스를 넘기지도 않고 바라만 보는 나를 두고 지영이가 한숨을 쉬며 자리로 돌아갔다.

영어 시간에 선생님이 본문 해석을 시켰을 때도 나는 엉뚱한 페이지를 펴고 있었다. 아무도 시키지 않았는데 일어났고, 당황한 선생님이 앉으라고 하셨다. 그러다 갑자기 눈물이 흘렀다. 뺨을 타고 턱을 지나, 교복 셔츠에 스며들었다.

왜 눈물이 날까. 분노인지, 슬픔인지, 상실감인지, 배신감인지. 하나로 정의할 수 없는 감정들이 뒤엉켜 있었다. 어쩌면 이 모든 감정을 그냥 조용히 견뎌내는 수밖에 없다는 걸 알아서 가장 아팠던 것 같았다.

수업이 끝나고 친구들이 다가왔다.

"유나야, 왜 그래? 무슨 일 있어?"

나는 그저 배가 아프다고 둘러댔다. 애들이 담요를 빌려주고, 보건실에 가 보라고 거들었다. 옆에서 지영이는 뭔가 말을 하려다 말고, 주먹을 쥐고 큰 한숨만 내쉰다. 무언가 말하고 싶은 표정이었지만, 그 말이 나를 더 아프게 할까 봐 주저하는 것 같았다.

소정이는 나타나지 않았다. 연락도 없었다. 전화도 받지 않았고, 메시지도 읽지 않았다. 지영이도 그렇고, 학교에서도 아무도 그 애의 이름을 꺼내지 않았다. 마치 원래 없었던 사람처럼.

며칠간 불안은 더 구체적인 모양으로 자라났다. 이런 복잡한 감정은 처음이라 나도 혼란스러웠다. 수업 중에도 계속 문밖을 힐끗거리게 됐고, 종이 울릴 때마다 가슴이 내려앉았다. 지영이는 점점 입을 다무는 나를 데리고 소정이네 집 앞까지 가기도 했다. 초인종을 눌러도, 문은 열리지 않았다.

악몽 같았다. 천문대 앞에서 소정이를 기다리던 때처럼, 아무것도 못하고 그 애를 기다렸다. 그 애 집을 찾은 지 10일째, 지영이는 더 못하겠다고 포기했다. 지영이에게 정신 차리라는 말도 들었다. 이러다 지영이까지 잃게 될까 두려웠지만 내가 아는 소정이라면… 그 애라면 이럴 리 없다.

2주째 되던 날, 학교 끝나고 혼자 소정이네 집 앞에 도착했는데 택배 상자가 있었다. 사람도 없는 집에 웬 택배인가 했는데, 수신인이 아니라 발신인에 박소정이 적혀 있다. 발신 주소도 미국이라서 이상하다고 생각하고 있는데, 수신인에… 내 이름이 있었다.

택배를 뜯었다. 연보라색 편지 봉투. 겉면에도 내 이름이 또박또박 적혀 있었다. 낯익은 필체다. 숨이 잠깐 멈췄다. 손끝이 저릿했고, 심장이 빠르게 두근거렸다. 아파트 밖으로 나와 편지를 펼쳤다.

『유나야, 아무 말도 못해서 미안해.

남는 사람의 슬픔을 알아서 그랬어…

내가 괜히 너희 삶에 끼어든 건 아닌가 싶어서.

근데 그날, 천문대에서 너희 얼굴 보고 알았어.

난 정말 좋은 친구를 만났구나 하고.

그래서 더 미안하고, 고맙고 그래.

이상하게 표현이 잘 안 돼. 그냥... 고맙다는 말을 꼭 전하고 싶었어.

그러니까 유나야. 우리 꼭 다시 만나자.

그러기 위해서라도, 나 조금 더 단단해져야 할 것 같아.

—소정』

짧고 간결하게 써 내려간 손 편지였다. 미안하고 고마운 건 알겠는데… 미국에 간 건가? 왜? 그 말을 전하는 방식이 고작 이렇게 편지 한 장이라는 게 믿기지 않았다. 사라진 것도, 침묵도 이해하려고 애썼는데… 눈앞이 희미해졌다. 나도 지영이처럼 이 순간만큼은 소정이가 미웠다. 그 애는 우리를 진짜 친구라고 생각하지 않았던 게 아닐까. 그런 생각이 들자 마음 한가운데가 내려앉는 기분이었다.

'우리 꼭 다시 만나자.'

집에서도 학교에서도 그 문장이 머릿속에서 자꾸 되풀이됐다. 다시 만날 수 있을까? 만난다면 예전처럼 웃을 수 있을까? 다만 그 애의 마음이 지금도 어디선가 나를 향해 흐르고 있다는 것, 그것만은 느낄 수 있었다.

***

시간은 얄밉도록 흘러갔다. 칠판 가득 쓰이는 수학 공식을 따라 적으며, 문득 소정이라면 이 문제를 어떻게 풀었을까 떠올리곤 한다. 체육 시간에 파트너를 정할 때면, 습관처럼 주변을 살폈다가 그 애의 자리가 비어 있다는 걸 또 한 번 실감한다.

지영이는 여전히 나를 쿡쿡 찌르며 떠들었고, 다시 편의점을 들락거리며 장난도 쳤다. 점심 시간이면 소정이가 아닌 다른 얘기를 주고받았고, 하굣길에 수영이 얘기를 하며 웃기도 했다. 웃으면서도 나는 알고 있었다. 그 웃음의 끝엔 소정의 자리가 빠져 있다는 걸. 익숙한 일상이라는 이름으로 다시 걷기 시작했지만, 마음속에 남은 빈자리는 하루에도 몇 번씩 나를 멈춰 세웠다.

하지만 그런 하루들이 차곡차곡 쌓이면서 조금씩 배워갔다. 누군가를 기다리는 마음이 꼭 무거워야 하는 건 아니라는 걸. 때로는 그리움도 일상의 한 부분으로 자리 잡을 수 있다는 걸. 그렇게 나는 소정이 없는 날들 속에서도, 여전히 그 애와 함께 살아가고 있었다. 완전히 사라진 것도 아니고, 그렇다고 다가갈 수도 없는. 딱 그만큼의 거리.

가끔은 수업이 끝나고 복도에 서 있으면 소정이가 조용히 걸어올 것만 같다. 아무렇지 않게 "유나야, 이거 알아?" 하고 무심한 질문을 던질 것 같은 기분. 그럴 때면 나는 천천히 숨을 들이쉬고, 하늘을 올려다본다. 빛나는 건 별만이 아니었다. 소정이처럼 누군가를 기다리는 나도, 언젠가는 다시 누군가의 빛이 될 수 있으리라는 작은 믿음이 생겼다.

그날의 봄, 여름, 그리고 소정이와 함께 나눴던 모든 계절이 나를 만들고 있었다.

집에서 유선이랑 윤후를 보고 있는데, 지영이에게 전화가 왔다.

"유나야, 나 방금 그 여자 본 거 같아."

"어? 누구?"

"그 여자 있잖아. 소정이네… 그분."

나는 침을 꿀꺽 삼켰다. 휴대폰을 잡고 있던 손이 뜨거워졌다.

"진짜야? 어디서?"

"우리 미용실 앞. 아까 잠깐 뭐 사러 나갔다가 정류장에서 봤어. 근데 이상하게 느낌이 확 오더라. 예전에 한두 번 본 얼굴이니까 확신은 없어도, 그냥 느낌이 진짜 강했어."

나는 말을 잇지 못했다. 머릿속엔 갑자기 수많은 생각이 휘몰아쳤다. 혹시 정말이라면? 이제 와서 소정이네 새엄마를 발견한 건 무슨 의미일까.

"지영아, 다시 나가볼 수 있어?"

"이미 가셨지. 확실히 저번보다 배가 더 부르셨더라고."

소정이의 얼굴이 아른거렸다. 말하지 못한 수많은 이야기, 끝내 닿지 못했던 마음들이.

"유나야. 그냥 말해주고 싶었어. 혹시나 해서."

지영이의 목소리도 작게 떨리고 있었다. 급하게 전화해 준 지영이의 마음을 알 것도 같았다.

"고마워, 지영아. 진짜 고마워."

전화를 끊고도 한동안 그대로 서 있었다. 그래도 다 소화한 줄 알았는데… 그날 밤 오랜만에 일기를 꺼냈다. 책상 위에 별이 담긴 유리병을 꺼내놓고, 초등학교 시절부터 써오던 일기장 표지를 손끝으로 천천히 쓸었다.

'별은 가만히 있어도 빛난다. 굳이 말하지 않아도 닿을 수 있다.'

그렇게 적어 내려갔다. 그리고 문득 생각했다. 언젠가 소정이도, 나도, 그 모든 것들로부터 조금 더 멀어질 수 있을까. 시간이 지나면, 이 마음도 조금은 덜 날카로워질 수 있을까. 창밖에 서늘한 바람이 불었다. 가을이 무참히 흐르고 있었다.

"우리 유나 무슨 고민 있니? 요새 통 말이 없네."

엄마의 물음에 나는 한참을 머뭇거리다가 입을 열었다.

"용기가 안 나서, 엄마…"

"무슨 일 있어? 왜 용기가 필요한데."

"소정이가… 우리한테 말도 없이 떠났거든."

 말을 마치자마자 목 안이 뜨거워졌다.

"엄마, 아빠 요새도 병원 다니잖아. 혹시 박민국 선생님께 아직도 진료받아?"

"그분? 아, 해외로 나가셨대. 은인이셨지. 예전엔 꼼꼼하게 잘 봐 주셨는데 아쉽더라. 왜?"

"그분이 소정이네 아빠야."

"어머, 진짜? 그럼 지난번에 소정이 놀러 왔을 때 말해주지. 맛있는 거 더 해줄걸."

"나도 얼마 전에 알았어."

"그럼 소정이도 아빠 따라서 외국 간 거네."

"그런가 봐. 근데 우리한테 인사도, 말 한마디도 없이 가버렸어. 담임 선생님한테 전해 들었는데… 이런 경험은 처음이라."

"많이 서운했겠다. 유나랑 지영이가 그렇게 챙겼는데."

"지영이는 나보다 더 화났어. 나중에 소정이 다시 와도 안 본다고 난리야."

 엄마는 잠시 생각에 잠기더니 부드럽게 말했다.

 "소정이도 갑자기 가게 됐거나, 사정이 있었겠지. 문자에도 답 못할 정도로. 너도 초등학교에서 중학교 오면서 힘들었잖아. 그땐 같은 동네 안에서도 적응하기 어려웠는데, 외국은 더 그렇겠지. 니네가 이해해 줘야지."

 엄마의 말을 들으니 조금은 서운한 마음이 가라앉았다. 그러면서 동시에 또 걱정이 되었다. 낯선 곳에서, 말도 통하지 않는 곳에서 소정이가 혹시 또 이상한 말을 해서 괴롭힘이라도 당하지는 않을까.

 "엄마, 나 잠깐 나갔다 올게."

 엄마의 말에 용기를 얻어 곧장 소정이네 집으로 향했다. 익숙한 골목길을 지나 초인종 앞에 섰다. 손끝이 미세하게 떨렸지만, 벨을 눌렀다.

 "누구세요?"

 낯선 목소리. 나는 천천히 입을 열었다.

 "저… 소정이 친구, 유나예요."

 잠시 정적이 흐른 뒤, 문 너머로 여자의 목소리가 다시 들려

왔다.

"소정이는 없는데…"

"저기요… 잠깐 아줌마랑 이야기하고 싶어서요."

잠시 기다리니 현관문이 열렸다. 둘 다 어색한 얼굴을 숨기지 못했다.

"너구나, 저번에 봤던 친구. 들어와."

거실로 들어서자 아줌마는 나를 소파에 앉히고 주방에서 쿠키를 가져오셨다. 예전에 왔던 집이 맞나 싶을 정도로 가구들이 엉성하게 빠져 있다.

"이사… 가세요?"

내가 조심스럽게 물었다. 아줌마는 컵을 내려놓고, 머리를 한번 넘기시고는 대답했다.

"맞아. 오늘 소정이 때문에 온 거지?"

"네…"

"소정이는 지금 수술하고 회복 중이야. 앞으로 어떻게 될지는 몰라. 아직은 많이 지쳐 있어."

"수술이요?"

놀란 내 표정에 아줌마는 고개를 끄덕였다.

"역시 몰랐구나. 원래 심장이 약했거든. 엄마를 닮았나 봐. 수술해도 가능성이 크지 않다고 해서 처음엔 안 하겠다고 했었는데… 마음을 바꿨더라. 그래서 애 아빠가 오래전부터 알아보던 병원에 데려갔어. 해외로."

입술이 말라붙었다. 내가 몰랐던 시간, 소정이는 혼자서 아픔을 견디고 있었다.

"앞으로 어떻게 될지 모르니까 집은 일단 내놨어. 이제 곧 아기도 태어나고 해서 아줌마도 들어가려고 비행기표 끊어 놨거든. 긴 싸움이 될지도 몰라서…"

대답 대신 꾸역꾸역 눈물만 닦았다.

"아이고, 소정이가 유나를 참 좋아했는데… 잠깐만."

아줌마는 자리에서 일어나 작은 상자를 가지고 왔다. 벌써 먼지가 살짝 내려 앉아 있다. 그 안에서 꺼낸 한 권의 공책, 소정이의 일기장이었다.

"내가 말하는 대신 이걸 보여주는 게 더 빠를 것 같아서. 소정이가 알면 화내겠지만."

누군가 소정이 이야기를 아무렇지 않게 하는 게 몇 달 만이었다. 그러면서 소정이 대신 나한테 일기장을 보관해 달라고 덧붙이셨다. 소정이 일기장을 품에 안고 어떻게 해야 할지 몰라 일단 지영이를 불렀다. 항상 가던 놀이터에서 만나기로 했다. 지영이랑 같이 읽기에는 너무 두꺼워서 일단 몇몇 페이지만 먼저 펼쳐 보았다.

2024년 5월

『나처럼 별을 좋아한다는 애랑 친구가 되었다. 예은이라고 했다. 교회에서 반주도 한다고 했다. 피아노 치는 게 제일 좋다는 그 애를 보니 그냥 좋았다. 엄마가 생각났다.』

2024년 7월

『예은이랑 놀이공원을 가기로 했는데 약속을 지키지 못했다. 쓰러져서 정신을 잃었나 보다. 또 병실에서 눈을 떴다. 미안하다고 해야 하는데… 어떻게 해야 하지. 예은이가 나랑 계속 친구를 하고 싶을까. 내가 불쌍해서 다가온 거라면 어차피 끝날 사이겠지.』

2025년 3월

『중학교 2학년이 되었다. 교실에 들어갔는데 역시 떨렸다. 딱 한 명 기억나는 애가 있다. 예전에 놀이터에서 책 읽는 거 봤는데 눈이 깊어 보였다.』

『그 애 이름은 유나다. 복도에서 청소하고 있길래 용기 내서 먼저 말을 걸었다. 귀찮아 보여도 조곤조곤 대답은 또 다 해 주는 애였다. 갑자기 예은이가 생각났다. 친구를 또 잃고 싶지 않다.』

『그 친구가 나 때문에 운 것 같다. 그래서 나의 별을 주기로 했다. 그 애와 닮기도 했고.』

2025년 7월

『아빠가 30%의 가능성이라도 수술을 해보자고 했다. 자신은 없지만 살고 싶어졌다. 나를 기다리는 사람이 있다.』

『엄마의 피아노가 사라지고 쓰러진 뒤 깨어보니 병원이었다. 의사 선생님이 어떤 말씀을 하셨는지 아빠가 울고 있었다. 다시 예전으로 돌아갈까 봐 겁난다.』

『유나랑 지영이랑 천문대에 갔다. 원래 병원에서는 외출을 안 시켜주는데 아빠한테 사정사정해서 약속을 지킬 수 있었다. 예은이와의 약속은 지키지 못했지만 이번만은... 그 애들을 만나고 나에게는 참 특별한 일이 많았다.』

『자꾸만 나를 새장 속에 보호하려는 우리 아빠. 애들한테 이야기하고 떠나고 싶지만 그랬다가는 감당할 수 없을 것 같다. 당장은 내가 할 수 있는 것부터 해 보려 한다. 살아야지.』

지영이가 놀이터로 왔다. 내가 넋을 놓은 걸 보더니 깜짝 놀라 달려왔다.

"유나야, 왜 그래? 무슨 일이야? 너까지 무슨 일 생긴 거야?"

내 손에 들린 일기장을 본 지영이가 조심스럽게 물었다.

"이거 때문에 그래? 뭔데?"

지영이는 일기장을 받아들고, 조용히 페이지를 넘기기 시작했다. 말없이 읽던 지영이의 눈에 금세 눈물이 고였다. 그러다 더 이상 참지 못하고, 울음이 터졌다. 나도 같이 울었다. 우리는 놀이터 한쪽, 항상 앉던 그네에서 멍하니 소정이를 생각했다.

"유나야, 일단 교회로 가자. 우리가 할 수 있는 건 기도밖에 없는 것 같아."

지영이의 말에 나는 고개를 끄덕였다.

"예은이도 불러. 걔 목사님 딸이잖아. 하나님이 더 잘 들어주시지 않을까?"

고민하다가 예은이에게도 일기장을 보여줬다. 예은이도 소정이를 오랫동안 오해하고 있었기에, 많이 놀라고 미안해했다. 그날 이후 우리는 틈만 나면 교회에 가서 소정이를 위해 기도했다. 말보다 간절한 침묵으로, 이름보다 더 뚜렷한 마음으로.

며칠 동안 잠이 오지 않았다. 누웠다 뒤척이고, 창문 밖을 가만히 바라보다 새벽을 맞는 날들이 이어졌다. 공기가 점점 차가워지는 걸 느끼며 겨우 잠들었다. 더는 잠이 오지 않을 때면 그게 몇 시라도 일어나서 글을 썼다. 때로는 하고 싶은 말을 꾹꾹 눌러 담은 시를, 때로는 가상의 인물을 만들어 소설을 끄적인다. 점을 찍듯 글을 쓰다 보면 하나의 이야기가 된다.

『너에게 전하는 위로』

울고 싶은 날이 쌓이면
네 마음
무거움에 온몸이 휘청인다면
우는 거 말고는
어찌 할 바 모르겠다면
내 앞에서 목 놓아 울어줘
나를 앉혀 놓고
네 마음에
새 살이 차오를 때까지
소리 내어 울어줘
네 머리를 쓰다듬고
어깨를 어루만지고
네 손을 잡아 주려 해
그리고 네가 마주칠
새로운 하루 곁을
가만히 지켜보려 해

깊은

새벽 끝에 찾아올

너의 아침에

눈물 없기를 기도하며

 종이 위의 글씨들이 내 안에 고요히 번졌다. 내가 쓰면서도 마치 소정이의 손이 내 마음을 어루만지는 듯했다. 소정이에게 별은 단순히 빛나는 물체가 아니라 전부였고, 엄마와의 추억이었고, 자기 자신이었는지도 모른다. 그 애는 별처럼 왔다. 처음엔 이상하고 낯설었지만, 어느새 내 마음 한가운데 자리를 잡아버렸다.

 소정이는 나한테 새장에 갇혀 살던 자신을 꺼내 준 사람이라고 했지만, 어쩌면 나도 비슷한 새장 안에 있었는지 모르겠다. 나는 착한 학생이었다. 학교에서, 집에서, 부모님 앞에서 늘 반듯하고 말 잘 듣는 아이가 되고 싶었다. 특별할 것 없이 조용하고 안전한 세계에 갇혀 지냈다. 스스로 정해놓은 틀 속에서.

소정이를 알게 되고 나서, 나 역시 처음 틀 밖으로 걸어나갔다. 함께 비를 맞고, 상처를 어루만지고, 기다리고 기다리며. 이유 없이 웃기도 하고, 가슴이 먹먹해지는 감정을 느껴 봤다. 처음으로 나라는 사람을 감추지 않고 드러내며, 다가가는 법을 배우고 있다.

　가까이 있는 별들을 잇다 보면 긴긴 선이 된다. 그 애와 내가 그랬던 것처럼.

***

　한 달 뒤, 두 번째 편지가 도착했다. 진한 파란색 봉투에 익숙한 글씨. 봉투 안에는 엽서 한 장과 작은 손편지가 들어 있다. 엽서에는 동그란 얼굴에 별을 머리에 단 여자아이가 그려져 있다. 소정이가 직접 그린 것 같은데… 글씨는 소정이 글씨가 아니다.

『유나 학생에게

소정이 아빠입니다.

우리 소정이에게 좋은 친구가 되어 주어서 고마워요.

아버지로서 삶의 의지도, 좋은 기억도 만들어 주지 못했는데

유나 학생을 만나고부터 우리 아이가 살고 싶다고 말했어요.

수술하겠다고 마음을 먹은 날에는 둘이 부둥켜 안고 한참을 울었어요.

아이 엄마가 떠난 이후 처음 진심으로 기뻤습니다.

소정이는… 끝까지 버텨주기를 바라고 있어요.

유나에게 주고 싶다던 엽서를 대신 보냅니다.』

창밖을 보니 한 손에는 풍선을, 다른 한 손은 엄마의 손을 잡은 아이가 지나간다. 바람이 불자 풍선을 손에서 놓치고 마는 아이. 엄마의 손도 뿌리치고 날아가는 풍선을 잡으려 달려가지만, 결국 빈손으로 다시 엄마에게 돌아온다. 사진처럼 선명했던 장면도 시간이 지나면 흐려지듯, 우리의 기억도 그렇게 조금씩 옅어질지 모른다. 하지만 마음에 남는 건 다르다. 엄마

의 온기처럼, 숨결처럼 오래 남는다.

너와 내가 이어져 있던 시간, 놓치지 않기 위해 애썼던 말들, 끝까지 하지 못한 이야기들이 하나둘 떠올랐다. 우리도 그랬다. 서로를 스쳐갔지만, 분명한 궤적을 남긴 것이다. 그래서 더는 슬프지 않다. 한 뼘씩 서툴지만 분명히 자라고 있으니까.

***

나는 내가 꿈꾸던 새봄 고등학교에 입학했다. 지영이는 집 근처 일반고로 갔고, 벌써 학교 밴드부에 들어가 보컬을 맡았다고 했다. 소정이는 두 번째 수술을 무사히 마쳤고, 예쁜 여동생이 태어났다는 소식을 전해주었다. 그 애가 아주 가끔씩 영상통화를 걸어온다. 눈에 띄게 야윈 모습을 볼 때면 지영이도 나도 보이지 않게 이를 앙 다물곤 하지만, 다행히 몸도 마음도 조금씩 회복 중이란다. 그 곁을 새엄마가 지켜주고 있어서 처음으로 고맙다고 했다.

종종 메시지를 보내던 소정이에게서 몇 주 전부터 또 소식이 끊겼다. 툭 하면 잠수 타던 그 아이답게. 그래도 이제는 혼자가 아니라는 걸 알기에 걱정을 덜었다.

"유나야, 그래서 저번에 시작한 소설은 완성했어? 왜 거의 다 썼다고 하고 안 가져와, 궁금한데!"

"소정이랑 같이 읽어보기로 했으니까…."

"야, 걔가 언제 오냐고. 1년 반이 지나도 못 오는데…"

"언젠가는 오겠지."

나는 미소를 지었다. 그래, 그건 꼭 언젠가니까.

"소정이 미국에서 결혼까지 할지도 몰라~"

"어딘가 있다는 것만으로 일단 충분해."

소정이 없는 동안 참 많은 일이 있었다. 지영이 이모는 가게 앞에 새로 생긴 프랜차이즈 미용실 때문에 손님이 줄었다며 가게 인테리어를 새로 하고 계시고, 수영이는 결국 해인이와 사귀기 시작했다. 믿기 힘들 정도로 얌전해진 해인이는 요즘 거의 없는 사람처럼 조용해졌다.

"야, 해인이가 수영이랑? 진짜야?"

"나도 진짜 못 믿었다니까. 우리 수영이가 어쩌다…"

"해인이가 소정이한테 미안하다고, 오면 꼭 사과하고 싶다던데. 그래서 그랬구나."

지영이 이야기를 들으며 나는 멍하니 웃었다. 그때의 해인이, 그때의 소정이, 그때의 우리. 모두 변해간다는 사실이 반가우면서도 서운했다. 다시 돌아오지 않을 시간을 붙잡고 싶다고 생각했다.

"예은이는 예고 떨어져서 한동안 힘들어했대."

"몰랐어. 예은이 그런 얘기 한 적 없었잖아."

"네가 중3 때 공부만 했지. 나 진짜 너 무너질까 봐 조마조마했어."

"고마워, 지영아."

나는 괜히 울컥해서 지영이 팔짱을 꼈다.

"왜 이래, 갑자기."

"그냥 좋아서."

더 이상 꿈은 꾸지 않는다. 다만 가끔씩 비 오는 날, 문득 들리는 피아노 소리, 반짝이는 모든 걸 보면 소정이를 떠올린다. 별처럼 가만히 다가와 가장 눈부시게 빛났던 그 애. 다음 겨울이 오기 전에 볼 수 있을까. 셋이 함께 천문대에 가서 우리가 처음 나눴던 그 별을 다시 보고 싶다. 여전히 하늘 어딘가에서, 변함없이 반짝이고 있을 그 별을.

작가의 말

작년에 첫 시집 『수월한 계절은 없었다』를 출간하고, 참 행복한 한 해를 보냈습니다. 주변의 축하와 응원 속에서 '나'라는 이름을 다시 찾은 기분이었어요. 집안일만 하며 살아온 25년이 그날만큼은 조금 다르게 느껴졌습니다.

3년 전, 한국생활작가협회에서 다양한 연령대의 예비 작가님들과 인연을 맺게 되었고, 그중 한 분은 열네 살 여학생이었습니다. 그 학생이 제게 말했죠.

"인영 님은 시에서도 공감 능력이 잘 드러나서, 소설도 잘 쓰실 것 같아요. 꼭 도전해 보세요. 제가 첫 독자 해 드릴게요."

그 말 한마디가 마음을 흔들었고, 한 소녀의 응원 덕분에 이 이야기를 쓰게 되었습니다. 기꺼이 제 독자가 되어주신 규아

학생 감사합니다.

누구에게나 한 명쯤은 있는 친구. 함께 웃고, 울고, 헤어졌다 다시 이어지는 친구. 누구에게나 있을 법하지만 모두가 다르게 추억할, 그런 이야기를 쓰고 싶었습니다.

열다섯 살, 그 시절의 우리는 친구가 세상의 전부이지 않나요. 친구 때문에 울고, 친구 때문에 웃고, 그 모든 날들이 인생에서 가장 반짝이는 시간이었다는 걸 어른이 되어서야 알게 되었어요. 직접 통과하는 사람은 알 수 없는 시간의 신비입니다.

어렸을 때 저는 상상하기를 좋아하고, 글과 그림을 좋아하던 아이였습니다. 비가 오면 비가 와서 좋고, 눈이 오면 눈이 와서 좋은 순수한 시절이 있었습니다. 고등학교 땐 이유 없이 괴롭히는 친구들 때문에 참아왔던 울음을 토해내기도 했지요. 크고 작은 관계로 인해 행복했고, 상처를 주고 또 받으며 성장했습니다.

오래전부터 제 꿈은 작가가 되는 것이었습니다. 꿈은 꿈일 뿐이라고 생각했는데, 이렇게 꿈을 향해 한발씩 내딛는 순간이 벅차게 행복합니다. 이제 와서 보니 꿈은 용기와 도전을 먹고 자랄 뿐, 나이의 문제는 아니었네요.

　유나와 소정이, 지영이를 통해 제 안의 열다섯을 다시 마주했습니다. 그리고 그 아이들의 이야기를 쓰면서 그들의 별이 되어 주고 싶었습니다. 혼자 떠 있는 외로운 별이 아니라, 밤하늘을 수놓는 별처럼 무수히 빛나도록.

　이 글을 읽어 주신 독자 여러분, 우리도 누군가의 별이겠죠. 그리고 우리 곁에도 언제나 소중한 별들이 함께이기를 바랍니다. 긴 여운이 남는 우정을 오래 기억하길 바라며.

우연한 엔딩

초판 1쇄 발행 2025년 7월 15일

저자 인영
펴낸이 김영근
책임편집 최승희
편집 김영근, 한주희
디자인 김영근
펴낸곳 마음 연결
주소 경기도 수원시 팔달구 인계로 120 스마트타워 604
이메일 nousandmind@gmail.com
출판사 등록번호 251002021000003
ISBN 979-11-93471-59-3
값 15000